犬を飼《か》ったら、
大さわぎ！
1

トイプードルのプリンセス？

PET TROUBLE

トゥイ・T・サザーランド 作
相良倫子 訳

この本をサンシャイン（わたしのボタン）に
捧《ささ》げます

Published by arrangement with Scholastic Inc., 557 Broadway,
New York, NY 10012, USA,
through Japan UNI Agency, Inc., Tokyo

犬を飼《か》ったら、大さわぎ！ 1

トイプードルのプリンセス？

1

犬を飼《か》うなら、プリンセスみたいな犬がほしいな、ってずっと思ってた。

いまからそのわけを話すけれど、まずは自己紹介《じこしょうかい》をするね。そのほうが、なるほど、って思ってもらえるはずだから。

わたしの名前は、ロージー・サンチェス。メキシコ系《けい》のアメリカ人。くるくるの黒い髪《かみ》はいつもポニーテールにして、リボンでむすんでいる。目の色は茶色、好《す》きな色はだんぜんピンクだ。小学五年生、十歳《さい》で、おにいちゃんが四人いる。

四人もだよ。

おにいちゃんたちは、うるさくて、きたなくて、家じゅうをドタバタと走りまわっていろんなものをこわし、朝から晩《ばん》まで野生のカバみたいにあばれまわる。

それに、いつもわたしをガキあつかいして無視《むし》するんだ。一番下のおにいちゃんのダニーは、わたしと一歳《さい》しか変《か》わらないのに、ひどいよ。

大きくてうるさくてきたない動物は、もうたくさん。四頭もいるんだから！

これで、プリンセスみたいな犬がほしいわけがわかったでしょ？

犬には、じぶんとおそろいのピンクのヘアリボンをつけるときめている。もちろん、飼《か》うならいい子がいい。おとなしくて、かわいくて、おしとやかで……そう、わたしとそっくりってこと。

もちろん、わたしはいい子じゃないときもある。おとなしくないときも。えっと、おしとやかじゃないときも……。だって毎日、「野生のカバ」とバトルしなくちゃ生きていけないし、ほしいものを手に入れるには、泣《な》きさけぶしかないんだよ。

でも、プリンセスみたいな犬がうちに来てくれたら、なにもかもが変《か》わるはず。きっとその子はわたしの味方をしてくれて、男ばかりのうるさいこの我《わ》が家《や》は、すっかりおだやかになる。わたしは、その子といっしょに、おにいちゃんたちを無視《むし》するんだ。いままで、おにいちゃんたちが、わたしにしてきたように。

……そんなふうに思っていたのに、現実《げんじつ》はそううまくはいかなかった。

犬がほしいといいだしたのは、ダニーだった。新年度*がはじまるちょっと前の、夏休みが終わるころ、ダニーの親友のパーカーがゴールデンレトリバーを飼《か》いはじめた。犬の名前はマーリン。それから二週間、おにいちゃんは口をひらくと、マーリンのことばかり話した。「マーリンのやつ、なにをしたと思う?」とか、「マーリンって、ほんとにすごいんだ」とか、「マーリンは犬の友だちがほしいんじゃないかな。ねっ?」とか。

その「すごい犬」にようやく会えたのは、「得意芸《とくいげい》おひろめ会」という学校行事の前の日だった。その木曜日の放課後《ほうかご》、パーカーが、マーリンを連《つ》れて、うちにやってきた。たしかに、マーリンは、とってもかっこよかった。金色の毛なみはつやつやで、ほほえんでいるみたいなやさしい顔をしていた。でも、パーカーたちが帰ったあとリビングにもどったら、うちのすてきな青いソファが毛だらけになっていた。おにい

＊アメリカのほとんどの小学校は二学期制。新学期は、八月か九月に始まる

ちゃんたちはまったく気にしていなかったけれど、大のきれい好《ず》きのわたしにとっては一大事《いちだいじ》だった。じまんじゃないけど、わたしの部屋は、汗《あせ》くさいおにいちゃんたちを出入り禁止《きんし》にしているおかげで、我《わ》が家《や》のなかで一番きれいだ。

その日の夜のこと。リビングでダニーは両手をあごの下で組み、うるうるした目でママを見つめ、猫《ねこ》なで声《ごえ》でいった。

「おねがい、おかあさん。一生のおねがいだから、犬を飼《か》おうよ。マーリンみたいな犬がほしいなあ」

おにいちゃんは、わたしが聞き耳を立てているのに気づいていなかった。毛だらけのソファのうしろにかくれていたからだ。

ほらね。おにいちゃんは、いつだってこんなふうにぬけがけするんだ。

「そうねえ……。たしかに、とてもいい子だったわねえ」と、ママ。

「うちも、ゴールデンレトリバーを飼《か》おうよ。そしたら、マーリンと遊べる！　それって、さいこうだよね！」

「さいこうじゃないよ！」わたしがソファのうしろから飛《と》びだすと、ダニーは笑《わら》っちゃうくらい飛《と》びあがった。

わたしは、ダニーにむかって人さし指をふりながらいった。

「この前もいったけど、わたしはゴールデンレトリバーなんてほしくない！　どんな犬を飼《か》うかは、一番年下のわたしが選《えら》ぶべきでしょ！　だって、おにいちゃんは、わたしより先に大学生になって家を出ていくんだから。そのあと犬の世話をするのはわたしなんだよ！」

「たった一年しかちがわないだろ！　それに、いつもそうやって人の話をぬすみ聞きして、いばってばかりいると、先に家からほうりだされるぞ！」

「おにいちゃんが、ぬけがけしようとしたんでしょ！」

「めんどうくさいな、おまえは！」

するとママがいった。

「頭がいたくなってきた……すこし横になってくるわ」

「ほら、ロージーのせいだぞ！　おかあさん、待ってよ！」

「じゃあ、聞きなさい。犬を飼《か》うのは、かまわない。でも、どんな犬を飼《か》うかは、きょうだいで話しあってきめてちょうだい。それが飼《か》う条件《じょうけん》です」ママはそういうと、耳栓《みみせん》をとりにいってしまった。ママは、きょうだいげんかがはじまると、よく耳栓《みみせん》をするんだ。

だけど、うちでは話し合いがうまくいった試《ため》しがない。きょうだいの意見が合ったことなんて、一度もないんだから。

去年ニューヨークに旅行に行ったときも、わたしたちがやりたいことはてんでんばらばらだった。一番上のオリバーおにいちゃんは志望校《しぼうこう》のニューヨーク大学を見学したがり、二番目のミゲルおにいちゃんはロックフェラー・センターへ行って芸能人《げいのうじん》を見たいといい、三番目のカルロスおにいちゃんは自然史博物館《しぜんしはくぶつかん》へ行って恐竜《きょうりゅう》の骨《ほね》を見たがり、一番下のダニーおにいちゃんはヤンキー・スタジアムへ行って野球の試合《しあい》を見るといいはった。もちろんわたしは、そのどれにも興味《きょうみ》がなかった。大きなお人形屋さん「アメリカン・ガール・プレイス」へ行って、それからエロイーズ*みたいにプラザホテルでティータイムをしたかったんだ。

ねっ、これで、泣《な》きさけばないとほしいものが手に入らない理由が、わかったよね？

けっきょくこのときは、パパがおにいちゃんたちをヤンキー・スタジアムに連《つ》れていき、ママがわたしをプラザホテルに連《つ》れていってくれたので、わたしとしては大満足《だいまんぞく》だった。

でも、今回の話し合いは、そうかんたんにきまると思えない。犬を五ひき飼《か》うなら話はべつだけど、そんなことしたらママは（ソファも！）たえられないだろう。

そして二日後、ついに大げんかになった。その日は土曜日で、家族そろってテーブルをかこんで夕飯《ゆうはん》を食べていた。オリバーおにいちゃんも、めずらしく家にいた。オリバーはもう十八歳《さい》なので、土曜日の夜はガールフレンドのミルとデートに出かけていることが多いんだ。ママにいわせれば、ミルは「とびきりの美人さん《ムイ・ボニータ》」で、わたしもそのとおりだと思う。つまりおにいちゃんには、ぜったいに、ぜーったいに、もったいないってこと。

＊アメリカの有名な絵本『エロイーズ』に出てくるおませな女の子。ニューヨークの一流ホテルに住んでいる

オリバーがその夜家にいたのは、たぶんわたしたちが朝からずっと犬のことでもめていたからだ。じぶんが出かけているうちに、話がきまっちゃうのがいやだったんだと思う。

その日は、パパが料理《りょうり》の当番だった。メニューはパパお得意《とくい》の豆の煮込《にこ》み料理《りょうり》、チリコンカルネ。スパイスがきいていてとてもおいしいけれど、わたしはあんまり好《す》きじゃない。理由はふたつ。ひとつは、食べにくくてトマトソースが服につくととれなくなること。もうひとつは、おにいちゃんたちが黄色のかわいいテーブルクロスにつぎからつぎへとこぼすこと。まだいってなかったかもしれないけれど、おにいちゃんたちは、食べ方も野生のカバそっくりなんだ。

「そういえば……」ほとんど食べおわったころ、パパがいった。「犬を飼《か》う話が出ているんだってな」

パパはいつも間が悪い。ひっぱりだこの弁護士《べんごし》で、とくにいそがしいときは「頭のなかは仕事でいっぱいです」って感じだから、話しかけても上《うわ》の空《そら》。仕事がすこし落ちついて、「上《うわ》の空《そら》」から地上におりてきたときには、家族の話題にすっかり乗りおくれている。わたしが髪《かみ》を切っても気づくのはだいたい十日後だし、サッカー部と野球部に入っているダニーには、サッカー部が活動している冬学期に野球部のことをきいて、野球部が活動している春学期にサッカー部のことをきく。* 一週間前に試合《しあい》を見に行っても、まちがえるんだから。去年《きょねん》、カルロスが科学博覧会《はくらんかい》の七年生部門で優勝《ゆうしょう》したとき、パパがおめでとうといったのは、なんと一か月後だった。うそみたいだけど、これぜーんぶほんとの話。オリバーおにいちゃんについに彼女《かのじょ》ができたことにも、まだ気づいていないんじゃないかな……。

このときもパパは、じぶんのいったことがきっかけで、きょうだいげんかがはじまるとは思ってもいなかったにちがいない。だけど、ママは大あわて。パパの口から「犬」ということばが出たとたん、びくっとした。

ダニーがどなった。

「みんな、ずるいぞ！　ぼくが最初《さいしょ》に犬を飼《か》いたいっていったんだ！　ぼくは、ゴー

＊アメリカでは、小学生のころから部活動があり、季節ごとに別のスポーツを経験《けいけん》できる。また、保護《ほご》者《しゃ》がコーチをすることも多い

ルデンレトリバーがほしいんだ！」

「ちょっと待てよ。犬なら、おれだってずっとほしいと思ってたぜ！」と、ミゲル。十五歳《さい》のミゲルおにいちゃんは、高校に入ったとたん「ミスター・かっこつけ」になってしまった。おにいちゃんの使うヘアジェルの量《りょう》ときたら、すごいんだよ。きっと、ママの大好《だいす》きな昼ドラに出てくる俳優《はいゆう》たちの使ってる量《りょう》をぜんぶたしてもたりないくらいだ。

「かあさん、おぼえてるだろ？」ミゲルはつづけた。「むかし、犬が飼《か》いたいって、おれいったよな？　ダニー、そのとき、おまえはまだあかんぼうでしゃべれもしなかったんだぜ！　おれは、ロットワイラーがいいね！」

「ちょっと待て！」カルロスまで口をはさんできた。「ぼくは、ボーダーコリーがいいと思うね。とてもかしこい犬だから！」

ダニーが、あきれたように目をぐるりと回す。かしこい犬を飼《か》いたがるなんて、いかにもカルロスらしい。カルロスは、きょうだいのなかでダントツに頭がいいんだ。おにいちゃんが記号いっぱいの計算式をすらすらといて、ボーダーコリーといっしょに、ほかの八年生を上から目線でながめるすがたが目にうかぶ。

「いやいや、ジャイアントシュナウザーを飼《か》おう」オリバーが、きっぱりといった。

「決定権《けっていけん》は長男のおれにある」みたいな話し方をよくするけれど、うまくいった試《ため》しがない。

「なんだよ、そのお菓子《かし》みたいな名前は。ダサッ！　ぜったいにゴールデンレトリバーだ！」と、ダニー。

わたしは、テーブルにフォークをたたきつけた。もちろん、チリコンカルネがついていないことをちゃんとたしかめてからだ。

「やだやだやだやだ！　大きな犬は、ぜったいにいや！　わたしは、トイプードルが飼《か》いたいの！」

おにいちゃんたちが、そろってうめき声をあげる。ダニーは、わざとらしくテーブルの上につっぷした。髪《かみ》にチリコンカルネがついたけど、ぜったい教えてあげない。

「断固《だんこ》反対」と、オリバー。

「かわいらしいチビ犬なんて、じょうだんじゃないぜ！」と、ミゲル。

「ふわふわの犬なんて飼《か》ったら、友だちにからかわれる」と、ダニー。

「おかあさん、だめだといって」と、カルロス。

「うるさい！　わたしだって意見をいっていいはずでしょ！　トイプードルが飼《か》いたいの！」

ママが、パパにいった。

「これが三日つづいているのよ」

「まいったな」パパが、こまったように首をかく。

わたしは、もう一度「トイプードルが飼《か》いたい」とさけびかけたけれど、パパが考えこんでいるのを見てやめた。友だちはみんな、ロージーの家はいつもやかましいというけれど、わたしは、だまっていたほうがいいときもあるって知っている。パパが顔をしかめているときは、いいアイデアがうかびかけている印《しるし》だ。ここでおとなしくしていれば、おまえはいい子だっていわれて、わたしの思いどおりになることもある。

「いい解決策《かいけつさく》を思いついたぞ。みんなは、ここで待ってなさい」パパは、さっと立ちあがり、仕事部屋のある地下へおりていった。

テーブルのむかいから、ダニーがにらんできた。わたしはベーっと舌《した》を出した。

するとオリバーが、おとなみたいな口ぶりでいった。

「現実的《げんじつてき》に考えたら、選択肢《せんたくし》は、ひとつしかないんじゃないかな。ミルは犬アレルギーなんだ。ジャイアントシュナウザーは、アレルギーが出ない唯一《ゆいいつ》の犬だから」

「トイプードルだって、えっと、て、て、低《てい》……アレルギー性《せい》……犬種《けんしゅ》だもんね」わたしは、何時間もかけておぼえたことばを使っていいかえした。毛があまりぬけなくてアレルギー反応《はんのう》が出にくい種類《しゅるい》の犬って意味で、トイプードルのいいところでもある。これを聞いたら、ママもトイプードルがいいと思うかも。毛がぬけやすい巨大犬《きょだいけん》なんて飼《か》ったら、掃除《そうじ》するママがたいへんだ。

「でも、トイプードルはばかだから」カルロスがいった。

「ことばに気をつけなさい」と、ママ。

「そんなことない。トイプードルは、犬のなかで二番目にかしこいんだって。ほんとだよ。インターネットで見たもん」わたしは、ここぞとばかりにいった。

カルロスおにいちゃんはじぶんのことをだれよりもかしこいと思っているみたいだ

けど、トイプードルについてはわたしのほうがくわしいんだから。

「へんっ。あんな小さな頭のなかに、どれだけ脳《のう》みそが入ってるんだか」ダニーがいう。

「ダニーおにいちゃんよりは入ってるもんね！」

「ロージー、やめなさい」と、ママ。

わたしは、チリコンカルネをダニーに投げつけそうになった。かわいいテーブルクロスに飛《と》びちってもいい、と思うくらいおこっていた。でもそのとき、パパが階段《かいだん》をのぼってくる足音が聞こえた。パパは、ふだん仕事机《づくえ》の上にかけてあるホワイトボードを腕《うで》にかかえていた。ホワイトボードは、きれいに消してあって真っ白だった。

わたしたちは、三十秒ほどぽかんと口をあけてパパを見ていた。

「リビングにあつまってくれるかい？」パパが、にっこりと笑《わら》う。

わたしたちは、いきおいよく椅子《いす》から立ちあがり、バッファローの群《む》れのようにリビングへ走っていった。いっておくけど、わたしだっておしとやかにしていたい。でも、うちのリビングには椅子《いす》が全員分ないから、もたもたしていると床《ゆか》にすわるはめになっちゃうんだ。

ミゲルとオリバーがソファにすわった。わたしは、ダニーより先に緑色の花もようの大きなひじかけ椅子《いす》に飛《と》びのった。ダニーはますますわたしに腹《はら》を立てたけれど、カルロスより早くソファにダイブした。そんなわけで、カーペットの上にすわるはめになったのは、かしこいけれどどんどんくさいカルロスだった。

パパは、キッチンから持ってきた椅子《いす》にホワイトボードを立てかけてこんな表をかいた。

「みんながほしい犬の種類《しゅるい》は、これで合っているかい？」パパがいった。

名前	犬種《けんしゅ》	一回戦《かいせん》	二回戦《かいせん》	三回戦《かいせん》	合計
ロージー	トイプードル				
ダニー	ゴールデンレトリバー				
カルロス	ボーダーコリー				
ミゲル	ロットワイラー				
オリバー	ジャイアントシュナウザー				

「そう、トイプードル！」と、わたし。

「うん、合っているよ」と、カルロス。

「イエーイ！　ロットワイラーできまりだぜ！」と、ミゲル。

「いやだね！　ゴールデンレトリバーだ！」と、ダニー。

すると、オリバーがたずねた。

「とうさん、合ってるけど、一回戦《かいせん》、二回戦《かいせん》ってなに？」

パパは、にんまりと笑《わら》った。

「ここは公平にいこうじゃないか。どの犬を飼《か》うか、勝負できめるんだ」

2

わたしは、一気に不安《ふあん》になった。この家で、勝負に勝つのはむずかしい。なんてったって野生のカバ四頭とたたかわなくちゃいけないんだ。

「走るのはナシだよ」わたしはいった。「野球もだめ。早食い競争《きょうそう》とか大食い競争《きょうそう》も」

去年の夏、ダニーはホットドッグを十二個《こ》ぺろりとたいらげ、家族のどぎもをぬいた。つまり、勝つには十三個《こ》も食べなきゃならなかったってわけだ。それって、ぜったいむりでしょ。

パパは、首を横にふった。

「心配いらないよ、ロージー。これは、公平な勝負だ。それぞれ、ほしい犬はきまっているね。ならば、その犬についてどれくらい知っているのかテストする」

わーい！　思わずこぶしをつきあげそうになった。家族のみんなは知らないだろうけど、わたしは何か月も前からトイプードルのことをこつこつと調べていた。インターネットで見つけた情報《じょうほう》は、読みつくしたといっていい。おにいちゃんたちは、「どうせ小さくてかわいいってだけで、トイプードルがほしいんだろ」と思っているかもしれない。まあ、それもまちがってはいないけれど、わたしはちゃんと調べた上でトイプードルがいいって思ったんだ。小さくてかわいい犬ならほかにもたくさんいる。でも、トイプードルしか考えられない。

「おくさま《セニョーラ》、お手伝《てつだ》いをおねがいできますでしょうか」パパはスペイン語でよびかけて、ママになにやら耳打ちした。

ママは、書斎《しょさい》から白い紙とペンを人数分持ってきた。

パパが大きな声でいった。

「では、試合《しあい》開始！」

わたしは、ママにペンと紙をもらった。コーヒーテーブルにあったアステカ文明の分厚《ぶあつ》い本をつかみとり、その上に紙をのせる。

「おあつまりのみなさま」パパは、うしろで手を組むと行ったり来たりした。法廷《ほうてい》にいるまねをしているんだ。前に、パパが裁判《さいばん》で陪審員《ばいしんいん》にむかって事件《じけん》の説明《せつめい》をしているところを見たことがある。ものすごく説得力《せっとくりょく》のある話しぶりだった。

いつか、パパみたいなやり方で口げんかに勝ちたいなと思う。いろんなことを知って、それをうまく口にできるようになりたい。でも、その方法《ほうほう》は野生のカバには通用しないから、いまのところわたしは泣《な》きさけぶしかない。

「第一問。じぶんの飼《か》いたい犬の絵をかきなさい」

「絵がへたな人はどうするの？　ダニーおにいちゃんみたいに」わたしはいった。

「だまれ！」ダニーがどなる。

「だって絵をかくの、めちゃめちゃ苦手でしょ！」

「心配いらないよ」パパは、おだやかな声でいった。「絵のうまさは審査《しんさ》しない。特徴《とくちょう》を正確《せいかく》にとらえているかどうかを四段階《だんかい》で評価《ひょうか》する」

意味がよくわからなかったけれど、わたしたちはかきはじめた。

この問題は、わたしには楽勝だった。トイプードルの写真を山ほどダウンロードして、家族用パソコンの秘密《ひみつ》のフォルダーに保存《ほぞん》してあったからだ。ちなみにフォルダーには「ザック・エフロン」という名前をつけてある。イケメン俳優《はいゆう》の名前のフォルダーなら、おにいちゃんたちに見られる心配はないもんね。

そうはいっても、ふだんは服の絵ばかりかいているから、すこし手まどった。そこで、ヴィッキーを思いうかべてみた。ヴィッキーは、賞《しょう》をたくさんとっている、とびきり上品なトイプードルで、公式のホームページまである。動画を見たことがあるけれど、小さな足でトコトコと歩くすがたはかわいくてたまらなかった。もちろん手入れも行きとどいている。白いふわふわの毛は、まるで彫刻《ちょうこく》のようにトリミングされていて、顔はマシュマロみたいだし、足先のポンポンはまんまるだ。もちろん、しっぽの先のポンポンもまーんまる。ほんとにほれぼれしちゃうんだ。

全員がかきおわると、わたしは、パパにわたしてもらおうとダニーにじぶんの絵をさしだした。

「なにこれ？　へんな形の木？」

「じゃあ、ダニーおにいちゃんのは？　モップ？　それともグレープフルーツ？」

「いいかげんにしなさい」と、ママ。

ママとパパは、ノートパソコンで犬の写真を確認《かくにん》しながら、絵をひとつひとつチェックしていった。

しばらくして、ようやくパパがいった。

「よし。一回戦《かいせん》では、最高《さいこう》四ポイントあたえられる。耳、しっぽ、体型《たいけい》、鼻にそれぞれ一ポイントずつだ。まずは、オリバーの絵から」パパは、オリバーの肩《かた》に手をおいた。「残念《ざんねん》だがゼロ点だ」

パパは、みんなにオリバーがかいたジャイアントシュナウザーの絵を見せた。だらりとたれた耳、長いしっぽ、短い足、つぶれた鼻をした、へんてこな生きものがえがかれていた。どうがんばっても、シュナウザーには見えない。パソコンで小さな犬をさがしていたときにミニチュアシュナウザーのことも調べたからわかるんだ。ほんとのところ、オリバーの絵は、犬にも見えなかった。わたしは、プッとふきだした。

「ちぇっ、降参《こうさん》」オリバーは、しぶしぶいった。「シュナウザーの見た目なんて知るもんか。低《てい》アレルギー性犬種《せいけんしゅ》だって書いてあったから、選《えら》んだだけさ。アレルギーを引きおこす犬なんか飼《か》ったら、ミルがうちに来てくれなくなるじゃないか！」

「へんっ」と、ダニー。「どうせ、来年には家を出て大学へ行くくせに。勝負に参加《さんか》するなよ！」

オリバーは、腕《うで》を組んで、むすっとだまりこんでしまった。

パパは、発表をつづけた。

「ミゲルは、二ポイントだ。耳がまっすぐ上に立っているから、マイナス一ポイント。ロットワイラーの耳は小さいけれど、たれているんだよ。鼻がとがりすぎているのも、一ポイント減点《げんてん》だ」

カルロスは、三ポイントとった。一ポイント引かれたのは、しっぽを短くまっすぐにかいちゃったせいだ。まったく、カルロスおにいちゃんったら、家族でなんども「ベイブ」を見ているのに。あの映画《えいが》を見ていれば、ボーダーコリーのしっぽが長くてふさふさしていることくらい、知っててほしいよ。

ダニーとわたしは、どちらも四ポイントとった。ダニーがゴールデンレトリバーの特徴《とくちょう》をカンペキに知っているのは、あたりまえ。ここ二週間ずっとずっとずーっとマーリンといっしょにいるんだもん。この勝負、ダニーが一番手ごわいライバルになりそうだ。

第一回戦《かいせん》の結果《けっか》は、こうなった。

「おれはぬけるよ」オリバーがいった。「べつに犬なんか、どうでもいいし。どうせミルとは、わかれるかもしれないし」

みんなはそろって聞こえないふりをした。オリバーは、ときどきこんなふうにとつぜん不機嫌《ふきげん》になったり、ばかげたことをいいだしたりする。ママによると、「思春期あるある」なんだって。わたし

名前	犬種《けんしゅ》	一回戦《かいせん》	二回戦《かいせん》	三回戦《かいせん》	合計
ロージー	トイプードル	4			
ダニー	ゴールデンレトリバー	4			
カルロス	ボーダーコリー	3			
ミゲル	ロットワイラー	2			
オリバー	ジャイアントシュナウザー	0			

は、そんなふうにならないと思うけど。

「二回戦《かいせん》をはじめる！　こんどは口で答えてもらうぞ。答えられたら一ポイントだ。飼《か》いたい犬種《けんしゅ》で、有名な犬の名前をひとつ答えなさい。ほんとうに存在《そんざい》する犬でもいいし、映画《えいが》や本に出てくる犬でもかまわない。では、ミゲルから！」

「マジか。有名なロットワイラーなんて知るかよ」

わたしはすぐに映画《えいが》に出てくるロットワイラーの名前がふたつうかんだ。もちろん、教えてあげないけど。

「何頭かいるみたいだぞ」パパがノートパソコンを見ながらいう。「残念《ざんねん》だが、ミゲル、ゼロ点だ。つぎは、カルロス」

「『ベイブ』のフライとレックス」

おにいちゃんったら、家族でなんども見ている映画《えいが》から答えるなんてずるいよ。

「ベイブ」は、家族みんなで楽しめる数すくない映画《えいが》だ。幼稚《ようち》すぎないからオリバーとミゲルも文句《もんく》をいわずに見るし、こわくないからわたしも見られるし、カルロスとダニーにとっても、そこそこ楽しいらしい。そんな映画《えいが》って、なかなかないんだ。

「つぎはダニー」と、パパ。

「マーリン！」ダニーは、はりきって答えた。

「ブッブー。マーリンは有名じゃないもん！」と、わたし。

「うちの学校では有名だし！」

たしかにうちの学校では有名だ。新年度がはじまった日、マーリンはとつぜん校庭にあらわれた。それから二日後、こんどはお昼休みに食堂《しょくどう》にかけこんできて、それがきっかけで生徒《せいと》たちがけんかをはじめた。どうしてそんなことになったのかよくわからないけれど、ダニーが関係《かんけい》しているんじゃないかとわたしはうたぐっている。みんなが食べものを投げあったせいで、食堂《しょくどう》はめちゃくちゃになった。わたしは、見ていただけなのに、かたづけを手伝《てつだ》うはめになり、気持ち悪くなった。これって、ゴールデンレトリバーは手に負えない性格《せいかく》ってことだよね？　そんな犬、だれが飼《か》いたい？　ぜったいいやだよ。

「もうすこし有名なゴールデンレトリバーは思いつくかい？」パパがきく。

「うーん。じゃあ、ほら映画《えいが》に出てくるバスケをやる犬は？　おかあさんがよく見るテレビ番組にも出てくるよね？」

「名前を答えられなくちゃだめなんですー！」と、わたし。

ところが、ママはいった。

「ダニーの答えをみとめ、一ポイントをあたえます」

そして、パパがいった。

「つぎはロージーさま、どうぞ」

わたしは、ダニーをにらみつけながら答えた。

「ヴィッキー」

「でっちあげるな」と、ダニー。

「でっちあげてないもん。ヴィッキーは、競技会《きょうぎかい》でなんども優勝《ゆうしょう》してる犬なんだよ！三、四年前には、あのウェストミンスター・ケネルクラブ・ドッグショーで、優勝《ゆうしょう》しかけたんだから。調べてみてよ！」

ママが、キーボードをカタカタと打つ。

「この子のことね」

「ほらねっ。とってもきれいな犬でしょ?」

ママは、にっこりとほほえんだ。ひょっとして、ママを味方にできたかも?

「トイプードルの世界でちょっと知られてるからって、有名とはいえないぞ!」ダニーも負けていない。

「ホームページだってあるもん。マーリンのは、ないけどね!」

わたしとダニーがとっくみあいのけんかをはじめそうになると、パパはあわてていった。

「ロージーに一ポイントあたえる。では、第三回戦《かいせん》! 二分あげるから、なぜその犬がほしいのか理由を書きなさい。思いつくままに書いてかまわない。文章がちゃんとしていなくてもいいぞ。できるだけたくさん書くんだ。よし、はじめ!」

わたしは、ペンを手にとると、ものすごいいきおいで書きはじめた。ソファのほうから、カルロスとダニーも必死《ひっし》にペンを走らせている音が聞こえる。ミゲルにちらりと目をやると、手に持った銀色のペンをじっと見つめていた。たぶんペンにうつったじぶんの髪形《かみがた》をチェックしているんだ。

「終了《しゅうりょう》！」二分後、パパはみんなの答えをあつめた。

ママは、ミゲルの答えを読むと、あきれたようにいった。

「ロットワイラーを飼《か》いたい理由が『女の子と話すきっかけになる』というのは、感心しないわね」

「そうか？」ミゲルは、首をななめにかしげて白い歯をきらりと見せた。夏のあいだ、ずっと鏡《かがみ》の前で練習していた仕草だ。わたしとダニーは、いっしょにかげからこっそり見てくすす笑《わら》っていた。本人は映画《えいが》スターを気どっているようだけど、わたしにいわせれば首をいためた人みたいだ。

「タフで強そうな犬が飼《か》いたいんだ。女は、そういう男にイチコロだからな！」

「イチコロとかいうな」と、オリバー。

「ほんとだぜ！　ロットワイラーみたいに、でかくて強そうな犬を連《つ》れて歩いたら、ケイトリンやエマやサラのハートをゲットできるぜ！」

「ミルは、そんなことでだまされないけどな」オリバーが、得意《とくい》そうにいう。まるで、おれの彼女《かのじょ》は地球一すてきだといいたげだ。まあ、そういわれればそうなんだけど。

ミルは、鼻にピアスをしているし、マンガをかくのがうまいし、ロングブーツがにあうし、ロックコンサートによく行くし、とびきりクールなんだ。どうしてオリバーおにいちゃんなんかとつきあっているのか、やっぱりナゾだ。

「ふむ。では、完全《かんぜん》に否定《ひてい》はできないから、一ポイントあたえる」と、パパ。

ママは眉《まゆ》をひそめたけれど、なにもいわずに「1」と表にかきこんだ。

パパはつづけた。

「カルロス。四つ理由を書いているが、とうさんにはどれも同じに思えるぞ」

「えっ？」カルロスが顔をしかめる。

名前	犬種《けんしゅ》	一回戦《かいせん》	二回戦《かいせん》	三回戦《かいせん》	合計
ロージー	トイプードル	4	1		
ダニー	ゴールデンレトリバー	4	1		
カルロス	ボーダーコリー	3	1		
ミゲル	ロットワイラー	2	0	1	3
オリバー	ジャイアントシュナウザー	0	0	0	0

「いいかい？『ボーダーコリーはかしこい。芸《げい》を教えるのがかんたん。おぼえが早い。競技《きょうぎ》会《かい》に出せる』」

「あはっ！　それなら『かしこいから、かしこいから、かしこいから、かしこいから』って書けばよかったね！」わたしはいった。

「ほんとうにかしこいから」カルロスがいいかえす。

「では、二ポイントあげよう。『かしこい』と『競技《きょうぎ》会《かい》に出せる』をみとめる」

するとカルロスまで、むすっとだまりこんでしまった。

「さて、つぎはダニーとロージーだ」パ

名前	犬種《けんしゅ》	一回戦《かいせん》	二回戦《かいせん》	三回戦《かいせん》	合計
ロージー	トイプードル	4	1		
ダニー	ゴールデンレトリバー	4	1		
カルロス	ボーダーコリー	3	1	2	6
ミゲル	ロットワイラー	2	0	1	3
オリバー	ジャイアントシュナウザー	0	0	0	0

パは、もったいぶってことばを切った。まるで陪審員《ばいしんいん》へ最後《さいご》の訴《うった》えをするときみたいな話し方だ。「ダニーのひとつ目の理由は、『マーリンの友だちになれるから』だね。よし、一ポイントあげよう」パパは、ここでまたことばを切った。「ロージーは、『トイプードルは毛がぬけにくくて、家がよごれないから』か。これも、一ポイントあたえる」

わたしは、椅子《いす》の上でそわそわした。心臓《しんぞう》が口から飛《と》びだしそうだ。

「ダニーの『ゴールデンレトリバーは、人なつこくておおらかだから』にも一ポイント。ロージーは、『トイプードルは低《てい》アレルギー性犬種《せいけんしゅ》で、アレルギー体質《たいしつ》の友だちも遊びにこられるから』と書いてあるね。しかも、むずかしいつづりも書けていて感心する。一ポイントだ」

「ミルのことだよね。ありがとう、ロージー」オリバーがいった。でも、ダニーとカルロスににらまれて、あわててつけたした。「けど、トイプードルはごめんだ」

「つぎの理由にいこう。ダニーは、『ゴールデンレトリバーを飼《か》ったら、いっしょにドッグランで走ったりテニスボールを追いかけたりできるから』。ロージーは、『トイプードルを飼《か》ったら、ソファでじゃれあったり服を着せてあげたりできるから』か。うーむ。どちらもあまりいい理由とはいえないが、ここは公平に一ポイントずつあたえる」

わたしはもう息もできないほどだった。いま、八ポイントで同点だ。わたしは、理由をもうひとつ書いたけれど、ダニーはどうだろう？

「さて」パパは、わたしとダニーを代わるがわる見た。これもきっと裁判《さいばん》のときによくやる仕草なんだろう。「ロージーだけが、もうひとつ理由を書いているね。『トイプードルの女の子を飼《か》ったほうがいい理由は、このうちにわたしの味方がほしいからです』」

「は？　そんなの理由にならないぞ！」ダニーがどなる。

「なるよ！　ダニーおにいちゃんには、男のきょうだいが三人もいるでしょ！　女の子は、わたししかいないんだよ！」

「ずるいぞ。女の子だから勝たせろっていうのか？」

「ロージーは、いつもそうやってわがままを通そうとする」カルロスがつぶやく。

「そんなことない！　家族でテレビを見るときはスポーツ番組ばっかりだし、お友だちとパジャマパーティーをしたくても、おにいちゃんたちがうろうろするからできないし、車で出かけるときだって、いつもわたしがまんなかにすわらなくちゃいけないんだよ！」

　すると、パパがいった。

「みんな、いいかげんにしなさい。とうさんの話を聞いてくれないか」

わたしは、腕《うで》を組んでおにいちゃんたちをにらみつけた。おにいちゃんたちは、にらみかえしてきた。

「みんなにはいろいろな問題に答えてもらったわけだが、ロージーは、みごとなたたかいぶりを見せてくれた。この最後《さいご》の問題で勝負がきまるわけだが、わすれてはならないのは、ロージーがこれまでじぶんの力でしっかりと得点《とくてん》をかせいできたことだ。ロージーは、もう一ポイントをもらうに値《あたい》する。よって勝者はロージーだ」

「やったー！」わたしは、椅子《いす》から飛《と》びあがった。

信《しん》じられない！　勝ったんだ！　トイプードルが飼《か》えるんだ！

「うそだろー！」ダニーがわめく。

「おれの恋愛《れんあい》は終わった」ミゲルが頭をかかえる。

「ぼくは、散歩《さんぽ》に連《つ》れていかないから」カルロスがぼそりという。

「トイプー、トイプー、トイプードル」わたしは、歌いながらおどりまわった。「トイプー、トイプー、トイプードル！」

おにいちゃんたちがぶつぶついいつづけるなか、ふとママと目が合うと、ママはウインクしてくれた。ママにもおにいちゃんがふたりいるから、わたしの気持ちをわかってくれたんだと思う。それにたぶん、トイプードルは毛がぬけにくいってところが気に入ったのかもしれない。ママもわたしが勝ってよろこんでいるんだ。

パパは、ホワイトボードを消しながらおにいちゃんたちにいった。

「さあ、いつまでぶつくさいってるんだ。ロージーと同じくらい犬のことを調べていたら勝てたんじゃないか？」

わたしは、ポニーテールをうしろにさっとふりはらって、にんまりした。

すると、ママがいった。

「今夜さっそくインターネットでさがすわね。いい出会いがあったら、すぐにでも、新しい家族としてむかえましょう！」

新しい家族！

おにいちゃんたちは腹《はら》を立てていたけれど、わたしはへっちゃらだった。トイプードルをかわいがってくれなくてもかまうもんか。だって、わたしの犬なんだから。わたしが、カンペキに世話をしてあげよう。下調べはじゅうぶんにした。インターネットで、ふわふわのかわいいトイプードルの写真をいくつも見た。犬の爪《つめ》にぬるピンク色のマニキュアもきめてある。

これで、うまくいかないわけがないよね？

3

わたしたちは、ラッキーだった。正確《せいかく》には、そう思ったのはわたしだけで、おにいちゃんたちは、あんまりよろこばなかったけれど。

勝負に勝った日からまもなく、ママが地元の情報誌《じょうほうし》でトイプードルの子犬をゆずってくれるという女の人を見つけた。電話をすると、三か月前に生まれた子犬が、まだ一ぴき、のこっているという。しかも、わたしがほしい女の子。つぎの日の午後、さっそくその人の家をたずねることになった。

オリバーは行かないといった。犬なんかどうでもいいみたいで、ミルとサイクリングに行ってしまった。

カルロスは、家にのこってテスト勉強をするといった。新年度がはじまってまだ三週間しかたっていないのに、ほんとにテストなんてあるのかな。

そんなわけで、わたしとダニーとミゲルが、パパとママといっしょに子犬をもらいにいくことになった。おかげで、いつものようにミニバンのうしろのまんなかの席《せき》にすわらなくてすんだ。

教えてもらった家は、そんなに遠くなかった。玄関《げんかん》のベルを鳴らすと、赤毛のショートヘアの女の人が、半袖《はんそで》のT《ティー》シャツにショートパンツという、ジョギングをするようなかっこうで出むかえてくれた。ベリンダさんというその女の人は、わたしたちが来たのをとてもよろこんでくれて、パパとママに「トイプードルは、お子さんのいるご家庭にぴったりですよ」と五十回くらいいった。

ベリンダさんに案内《あんない》されてリビングに入ると、プラスチックの柵《さく》でかこってあるところがあった。そのなかに、ぬいぐるみがふたつと水の入ったボウル、犬用のやわらかそうな赤いクッションがおいてある。クッションの上には、白い毛のかたまりがのっていた。

しばらくのあいだ、じぶんがなにを見ているのかわからなかった。だって、わたしが思いえがいていたトイプードルは、小さな鼻、ポンポンのついた足先、カンペキにととのったしっぽをした、雪のように真っ白な犬だったから。でも、その白い毛のかたまりには、ハチミツ色と小麦色がまざっていた。まるで毛糸玉だった。

その毛糸玉がもそもそと動いて、ようやくわたしは、それがおかあさん犬と子犬だとわかった。こっちをむいたおかあさん犬は、わたしの知っているトイプードルとはぜんぜんちがった。顔の毛も体の毛も長くのびている。

子犬は、おかあさん犬をそのまま小さくしたような見た目だった。胸《むね》は真っ白だけど、体のほかのところは白に金色の筋《すじ》がまじっている。まるで牛乳《ぎゅうにゅう》にハチミツをたらしたみたいだ。耳は小麦色で、まるでイヤーマフをしているように見える。子犬は、わたしたちに気づいて、小さくキャンと鳴いた。あくびをすると、ピンク色の小さな舌《した》が、ちょろりと見えた。子犬は、クッションから転がりおり、よちよちと歩いてきた。

ベリンダさんが柵《さく》をどかしてくれたので、わたしたち家族はカーペットの上にすわった。

子犬は立ちどまり、わたしたちを見て、まんまるの目をぱちぱちした。どうしたらいいかまよっているみたいに体をゆらしている。と、頭をブルブルッとふって姿勢《しせい》を低《ひく》くしたかと思うと、ダニーにむかって走ってきた。でも、まだ赤ちゃんだからか、それとも寝《ね》ぼけているせいか、ふらふらとして、最後《さいご》はダニーのスニーカーにぶつかってコロンと横にたおれた。

「キャン！」子犬はおこったように鳴くと、よくもあたしを転ばせたわね、とでもいうようにダニーのスニーカーの靴《くつ》ひもに飛《と》びかかった。そして、靴《くつ》ひもを小さな歯で引っぱり、「グー」とか「ウー」とかうなりながら小さな前足でペシペシとたたいた。

「おいおい」ダニーが、靴《くつ》ひもを引っぱりかえす。

するとこんどは、ダニーの手に飛《と》びかかった。

わたしは、おかしくてたまらなかった。だって、じぶんの体と同じくらい大きな手に、いさましくおそいかかっているんだもん。でも子犬は、けっしてダニーの手をかまなかった。小さな口をめいっぱいあけて「アオーン」と鳴きながら、手ととっくみあっている。

ダニーも、笑《わら》いをかみころしていた。

「小さすぎるぜ。こいつ、でかくなるのか?」ミゲルが不満《ふまん》そうにいう。

「最終的《さいしゅうてき》には、マフィンくらいの大きさになると思いますよ」ベリンダさんは、おかあさん犬を指さしていった。

マフィンは、犬用の赤いクッションに寝《ね》そべったまま、子犬をじっと見守っている。あのくらいの大きさなら、らくにだっこできそうだ。友だちのピッパの飼《か》っているネコ、ムックリよりひとまわり小さいから、大きさは理想的《りそうてき》といえる。それにしても二ひきとも、どうしてこんなにボサボサなんだろう。質問《しつもん》するのは失礼《しつれい》かな? こういう見た目のトイプードルもいるのかな? インターネットでは、こんなトイプードルは見なかったけど。

わたしは、思いきってきいてみた。

「どうして、この子たちは、トイプードルっぽくないんですか?」

「ああ。テレビによく出てくるトイプードルを想像《そうぞう》していたのね」と、ベリンダさん。

わたしは、こくりとうなずいた。

「あれはプードルカットといって、競技会《きょうぎかい》に出るトイプードルがするカットなんですよ。うちのマフィンは競技会《きょうぎかい》に出さないので、毛を自然《しぜん》にのばしていて、二、三か月に一度しかトリミングをしないの。それに、この子犬はまだ赤ちゃんだから、トリミングするには早いでしょう？　もちろん、大きくなってプードルカットにしたくなったら、そうしたらいいですよ」ベリンダさんはわたしにそう説明《せつめい》すると、ママとパパにむかっていった。「そうそう、わすれないうちに血統証明書《けっとうしょうめいしょ》をおわたししますね」

おとなたちが部屋を出ていくと、リビングにはわたしとミゲルとダニーと犬だけになった。

子犬は、まだ一度もわたしのところに来ない。会ってすぐに、わたしのひざに飛《と》びのってくる場面を想像《そうぞう》していたのに。わたしの手をぺろぺろとなめ、丸くなってスヤスヤねむるところを思いえがいていたのに。それなのに子犬は、ダニーのそばをよちよちと歩きまわり、ときどきつまずいて転び、ひっくりかえっている。子犬はそのたびに、目をぱちくりさせながらあたりを見まわし、じぶんを転ばせた犯人《はんにん》を見つけようとした。

「プリンセス、こっちおいでよ」わたしはすわったまま、子犬に腕《うで》をのばした。

「おい！　プリンセスだって？　じょうだんだよな？」と、ダニー。

わたしは、聞こえないふりをして、もう一度いった。

「プリンセス、こっちおいで。こっちだよ」

子犬は、大きなまんまるの目でわたしを見あげながら、一歩一歩近づいてくると、わたしの右手に飛《と》びかかった。

「いたっ！」あわてて手を引っこめる。小さな爪《つめ》は、思ったよりするどかった。

すると子犬は、引っこめた手をめがけて、うれしそうにジャンプした。わたしが両手を頭の上にあげると、ひざによじのぼってきてうしろ足で立ちあがり、お気に入りのピンクのT《ティー》シャツに前足をかけた。ふわふわのしっぽを、ちぎれるほどふっている。

子犬は小さな舌《した》で、わたしのあごをぺろっとなめた。

「かわいいー！」思わず子犬をぎゅっとだきしめる。

「キャン！」子犬は、わたしの腕《うで》からするりとぬけだし、肩《かた》の上にはいあがった。

気づいたときには、わたしの黒い巻《ま》き毛《げ》に鼻をうずめ、くんくんとにおいをかいでいた。それから小さな前足ではずみをつけると、わたしのピンク色のヘアリボンに飛《と》びかかった。

「キャーッ！」

子犬がわたしの背中《せなか》を転がりおちるのと同時に、髪《かみ》の毛が引っぱられた。子犬は、前足にリボンをはさんだまま床《ゆか》を転がり、起きあがってリボンをくわえるとダニーのほうへにげていった。

ダニーは、こらえきれずに笑《わら》っている。ミゲルもなんだか楽しそうだ。

「プリンセス！　返して！」

子犬は、楽しそうににげまわった。ダニーのまわりをぴょんぴょんはね、つかまりそうになるとぱっと飛《と》びのく。白い毛のかたまりが飛《と》びはねるすがたは、まるで小さなホッキョクグマか赤ちゃんアザラシだ。

「あのさ、名前なんだけど、プリンセスじゃなきゃだめなのかなー？　ロージーは犬を選《えら》んだんだから、名前はぼくらがきめてもいいと思わない？」ダニーが、ばかにていねいにきいてくる。

「だめ！」わたしはいった。ここでいいよといったら、ぜったい後悔《こうかい》するはめになる。

「ワタゲは？」ミゲルがいう。

「ヨチヨチは？」と、ダニー。

「マシュマロ！」

「ボサボサ！」

「気どり屋！」

「ナマイキ王国ボサボサ公爵夫人《こうしゃくふじん》！」

「ヤクタタズ！」

「毛糸玉！」

「ダニー！」わたしは、さけんだ。

ダニーは、子犬をわざとらしくしげしげと見つめながらいった。

「うーん。こいつにダニーって名前は、にあわないんじゃないかなあ」

「からかわないで！　プリンセスって名前にするの！」

すると、ミゲルがいった。

「なあ、こいつの目を見てみろよ。でかくてまんまるで、まるで黒いボタンだぜ」

「ボタンだ！」と、ダニー。すると、子犬が、ぴょんと立ちあがり、ダニーのひざによじのぼった。「ほら、こいつもボタンって名前が気に入ったみたいだぞ」

子犬は、ダニーの腕《うで》に前足をかけ、うしろ足で立ちあがった。ダニーが両手で小さな体をだきあげる。子犬は、ダニーの鼻をぺろぺろとなめ、またしっぽをちぎれるくらいふった。

そんなあ。もしかして、ボタンって名前が気に入っちゃったのかな。ボサボサ公《こう》爵夫人《しゃくふじん》や毛糸玉よりはマシだけど、わたしの「カンペキな犬に育てる作戦《さくせん》」は、出だしからつまずいちゃったの？

ママとパパとベリンダさんが、リビングにもどってきた。ママは、ダニーが子犬をだきあげているのを見て、うまくいったね、というふうにわたしにこっそり親指を立てた。

ぜんぜんうまくいっていないってば。子犬は、だれよりもわたしになつかなきゃいけないのに！　名前は、プリンセスじゃなきゃだめなのに！

4

帰りぎわ、ベリンダさんは、おかあさん犬のにおいのついている小さな毛布《もうふ》で子犬をくるんでくれた。新しい家に行っても安心できるように、って。

わたしがだっこすると、子犬は、はじめいやがってあばれたけれど、しばらくするとおとなしくなって、腕《うで》のなかにすっぽりとおさまった。毛布《もうふ》から顔だけをのぞかせ、わたしを見あげて目をぱちくりさせている。

いわれてみれば、目も鼻もボタンみたいだ。白い羽毛のなかに黒くかがやく小さなボタンが三つ。子犬は、わたしを見てほほえんでいるように見えた。毛布《もうふ》のなかで足をつっぱり、首をのばしてわたしの腕《うで》をぺろぺろとなめる。プリンセスって名前に、そんなにこだわらなくていいのかも。

そんなことを考えながら、ベリンダさんの家を出てミニバンへむかった。わたしは三列目の席《せき》に子犬と乗りこみ、ダニーとミゲルは二列目の席《せき》にすわった。おにいちゃんたちは、せいいっぱい興味《きょうみ》のないふりをしていたけれど、なんどもふりかえって子犬をちらちらと見た。

ママがいった。

「ロージー、子犬は座席《ざせき》の下におろしたほうがいいわよ。車に乗るのは、生まれてはじめてだから」

「やだ！　おひざにのせておきたいの！」

ママは、肩《かた》をすくめていった。

「だいじょうぶだといいけれど。まあ、家までそんなに遠くないものね」

わたしがシートベルトをつけようと手をはなすと、子犬は毛布《もうふ》のなかでなんどか体のむきを変《か》えた。「キューーキュー」とかわいい声をあげ、そとに出ようとするけれど、毛布《もうふ》がますますからまって動けなくなる。わたしは、子犬を毛布《もうふ》ごと引きよせた。ミニバンがベリンダさんの家の敷地《しきち》から出ると、子犬はまたもぞもぞと動いて前足を毛《もう》布《ふ》から出し、わたしの手をやさしく引っかいた。

「いい子にしててね」頭のてっぺんをなでながらいう。

子犬は、わたしを見あげた。舌《した》を出し、ハアハアと息をするのに合わせて、小さな胸《むね》が上下する。

「見ろよ。名前は『ベロ出し伯爵《はくしゃく》』にきまりだな！」ダニーが、前の背《せ》もたれから乗りだしていった。

「この子は女の子ですー」

「なら白雪犬は？」と、ミゲル。

「ラワンツェル！」

「ワンデレラ！」

「ばかみたい」わたしはそういうと、ダニーがまたなにかいいかけたのでいそいでさえぎった。「もうわかったってば。ボタンでいいよ」

「やった！　ボタンにきまりだ！」ダニーは、ミゲルとハイタッチした。だけど、すぐにばつの悪そうな顔をしてつけたした。「まっ、小さな犬なんてダサいけど」

「マジで学校の女の子たちに、そんなやつといるところを見られたくないぜ」と、ミゲル。

わたしはいいかえした。

「『そんなやつ』とはなによ。だいたいミゲルおにいちゃんのことなんて、だれも見てないって」

「ほら、もうやめなさい」パパが、バックミラー越《ご》しにわたしたちを見ていう。

ミゲルは、かっこつけて髪《かみ》をかきあげ、なにかいじわるなことをいおうとしたみたいだけど、ボタンを見てはっと息をのんだ。

「お、おい……そいつ、なんかようすがへんだぜ」

ボタンはわたしの太ももに前足をつっぱって、のどの奥《おく》からみょうな音を出している。

「ウック……ウック……」

「ボタン、だめ！」わたしは、金切り声をあげた。

いそいでだきあげ、下におろそうとしたけれど間に合わなかった。ボタンは、座席《ざせき》やわたしのお気に入りのピンク色のT《ティー》シャツに思いきり吐《は》いた。

「ママ――――――――！」

ママは顔をしかめていった。

家につくと、ママはいそいでミニバンからおり、掃除《そうじ》道具をとりに走った。

「それを心配していたのよ」

ダニーにいった。

「助けて！」わたしはダニーが肩《かた》をすくめる。

「そいつは、おまえの犬じゃなかったっけ？」

「ダニー、子犬を裏庭《うらにわ》に連《つ》れていってあげなさい」と、パパ。

ダニーは、しぶしぶボタンを毛布《もうふ》ごととりあげ、じぶんからできるだけはなしながら、裏庭《うらにわ》へむかった。

わたしは、ママのいいつけどおり、ミニバンの座席《ざせき》を掃除《そうじ》した。ママがいうには、子犬の世話をするということは、いっぱい掃除《そうじ》をするってことなんだって。そんなあ……いやだなあ……。トイプードルは、生まれつききれいでかわいくてきちんとしているものだと思っていたのに。でも、ボタンは小さいから、そんなにたいへんじゃないはずだ。これがロットワイラーだったらと思うと、ぞっとする。そう考えたら、すこし気が晴れた。

掃除《そうじ》が終わると、パパがホースを引っぱりだしながらいった。

「ほら、裏庭《うらにわ》においで。水であらいながしてやろう」

わたしは、家をぐるりと回って裏庭《うらにわ》にむかった。カルロスも、ダニーとミゲルのそばにいた。三人そろって、なにかを見おろし、大笑《おおわら》いしている。いやな予感がした。

「なにがそんなにおかしいの？」わたしは、柵《さく》をあけて裏庭《うらにわ》に入った。

と、ピンク色のツツジの茂《しげ》みから、ボタンが飛《と》びだしてきた。顔も足もどろだらけ、まるで地球の反対側《がわ》を目指して土をほっていたみたいなよごれっぷりだ。

「ワン！」ボタンが、むじゃきにほえ、転がるようにわたしにむかってかけてくる。

「や、やめて」わたしは、あとずさりした。「このT《ティー》シャツを見てよ。ボタンのせいだよ。ジーンズまでよごさないで！」

でも、もうおそかった。ボタンは、ぴょんと飛《と》びはね、小さな前足をわたしのジー

ジーンズにおしつけた。「キュンキュン」とうれしそうに鳴き、よじのぼろうとする。か

かわいい耳がパタパタとはためき、黒い鼻がわたしのひざをちょんちょんとつつく。

ジーンズには、たちまち小さな茶色い足あとがついた。

そのとき、うしろから勢《いきお》いよく水がかかった。わたしは悲鳴をあげ、ふりかえった。パパが手にホースをにぎっている。ボタンは、庭をかけまわり、水に飛《と》びかかったり、ぬれた芝生《しばふ》の上ですべったり転んだりした。

「パパ！　ボタンがびしょびしょになっちゃう！」わたしはさけんだ。

でも、すでにボタンはびしょびしょだった。

5

パパがホースの水を止めたときには、わたしはずぶぬれ、ボタンはずぶぬれの上にどろんこになっていた。だけど、ボタンは楽しくてしかたがないみたいだ。パパがホースを地面に落とすと、すぐさまかけよってホースの先に飛《と》びかかった。そして、いっちょうまえに「ウー」とうなってホースにかみつき、ぴょんと下がって、うかがうように反対側《がわ》に回りこみ、また飛《と》びかかった。

わたしは、ゲラゲラ笑《わら》っているおにいちゃんたちにぴしゃりといった。

「ボタンを笑《わら》わないで！」

「ちがうよ。おまえを笑《わら》ってるんだ」ダニーが、すました顔でいう。

ちょうどそのとき、裏庭《うらにわ》に面したガラスの引き戸があき、家のなかからママが出てきた。おかげで、ダニーをツツジの茂《しげ》みにつきたおさずにすんだ。ママは、わたしにオレンジ色のバスタオルを、ボタンに青と白のストライプの小さいタオルを持ってきた。

しばらくのあいだ、わたしはボタンを追いかけまわすことになった。ようやくつかまえてタオルにくるみ、地下にある来客用のバスルームへとむかう。洗面台《せんめんだい》にのせると、ボタンはとまどったような顔をし、なんどもふちから身を乗りだして飛《と》びおりようとした。そんなことはさせるもんか、とわたしは、ひとときも目をはなさなかった。

ママが、犬用のシャンプーを持ってきてくれた。その日の朝、ボタンを受けとりにいく前に、必要《ひつよう》なものをいろいろと買っておいたんだ。キラキラ光る真新《まあたら》しいピンク色の首輪《くびわ》も買ったから、早くつけてやりたくてうずうずした。でもその前に、ボタンをきれいにしないと。

耳に水が入らないよう気をつけながら、ボタンをあらう。むかし犬を飼《か》っていたママが、そうしないと耳の病気になっちゃうと教えてくれた。お湯《ゆ》が、たちまち茶色くにごって流れていく。毛が体にぺたりとはりつき、ボタンはいっそう小さく見えた。

おふろはきらいみたいで、「キャンキャン」と文句《もんく》をいってあばれ、なんども洗面台《せんめんだい》から床《ゆか》に飛《と》びおりようとした。ママがボタンをおさえるのを手伝《てつだ》ってくれて、ほんとうに助かった。

ママが、赤ちゃんに話しかけるような声でいった。

「かわいい子ねえ。ほんとうにかわいい子ねえ」

ボタンがぬれたしっぽをプルプルとふると、水しぶきがわたしの顔にかかった。ボタンは、大きく口をあけている。まるでにっこり笑《わら》っているみたいだ。思いえがいていた犬とはぜんぜんちがうし、こんなに手がかかるとも思っていなかった。だけど、ボタンはやっぱりとてもかわいい。わたしの指をなめたり、しっぽをふったりしてくれると、心がくすぐったくなった。

ママがボタンをタオルでくるんでだっこしているあいだに、かわいた服に着がえ、びしょびしょになった服を洗濯機《せんたくき》にほうりこむ。それから、ボタンをタオルごとママから受けとって、リビングにむかった。

リビングでは、オリバーがソファでテレビを見ていたけれど、わたしたちに気づくとスイッチを消した。

ママは、おどろいた声でいった。

「あら、ミルは？　夕方までいっしょに過《す》ごすんじゃなかったの？」

「ああ。急に家に帰らなくちゃいけなくなったんだってさ。なんの用か知らないけど」オリバーが、しょげたようすで首をかく。

「まあ。それは残念《ざんねん》だったわね」と、ママ。

「でも、そのおかげで早くボタンに会えたね」わたしはいった。「ボタン、オリバーおにいちゃんだよ」

正直いうと、オリバーにはボタンを気に入ってもらいたかった。四人のおにいちゃんのなかでボタンをかわいがってくれる人がいるとしたら、オリバーしかいない。ダニーやカルロスやミゲルよりは、だいぶまともだから。オリバーは、高校の宿題をやるとき、しずかにするという約束《やくそく》で、ときどきわたしにパソコンを使わせてくれたりするんだ。

わたしは、ボタンをタオルごとおにいちゃんの横のソファの上におろした。

「うわ、めちゃめちゃ小さ……」

オリバーがいいおわらないうちに、ボタンは足をつっぱってタオルからぬけだし、ごろごろとソファの上を転がりはじめた。ぺたんこだった毛が、あっという間にボサボサになる。それから、あおむけになって体をくねらせながら背中《せなか》をソファにこすりつけ、紺色《こんいろ》のクッションとクッションのあいだに鼻をつっこもうとした。

と、オリバーに気づき、ぴょんとはねおきると、その手に飛《と》びついた。おにいちゃんが、てのひらを上にして、ボタンのおなかをなでる。ボタンが足を前後にのばして、そのままごろんと横になったので、おにいちゃんは手を動かせなくなった。

「んー」オリバーはこまった顔をしたけれど、手を引きぬきはしなかった。

わたしは、おにいちゃんの反対側《がわ》にすわって、ボタンのおなかと耳をやさしくかいた。青いソファの上で、しっぽがゆれる。ソファには、毛が一本もついていない。ところどころぬれてはいるけれど、水はほうっておいてもかわくよね。

ダニーが、リビングに入ってきた。

「ボサボサ公爵夫人《こうしゃくふじん》さまは、なにしてるんだ?」

「ボタンだってば。ボタンって名前にきめたでしょ！」

「わかった、わかった」ダニーは、ボタンを横目で見ながらソファのそばをうろうろした。ほんとはなでたいけれど、そうするのはくやしいみたいだ。

けっきょくダニーは、わたしにむかってべーっと舌《した》を出してからママにいった。

「パーカーとマーリンと遊んできていい？」

「いってらっしゃい。夕飯《ゆうはん》までには帰ってきて。おそくなるようだったら電話ちょうだい」

ダニーが裏口《うらぐち》から出ていくと、入れかわりにカルロスがリビングに入ってきて同じようにボタンを横目でちらちらと見た。

「勉強ははかどった？」わたしは、いじわるくきいてみた。

「えっ？　ああ、まあね。この子、芸《げい》はできるの？」カルロスがきくと、ママがいった。

「きょうは、ゆっくりさせてあげましょうよ。しつけや芸《げい》を教えるのは、あしたからね」

カルロスは、足をもぞもぞさせて落ちつかないようすだ。ボタンをさわりたくてたまらないのか、ときどき手がぴくぴくと動く。だけど、けっきょく両手をポケットにつっこんで、二階へもどっていった。

ミゲルがリビングにやってきたときには、ボタンはぐっすりねむっていた。とつぜん見たこともない人たちがやってきて車に乗せられ、気持ち悪くなって吐《は》き、土をほってずぶぬれになって、おまけにおふろにまで入ったんだから、どんなにくたびれただろう。前足は交差《こうさ》し、小さな耳はかたほうだけそりかえっている。耳のなかがピンク色でかわいい。ボタンはスースーと小さな寝息《ねいき》を立てていた。

これこそ、わたしが思いえがいていた犬との時間、おだやかでぬくぬくしたひとときだ。

だけどミゲルは、やれやれというふうに首をふった。

「こんな犬といっしょにいるところを学校の女子に見られてみろよ。おれの人気はガタ落ちだぜ」

「人気？　おまえは、存在《そんざい》さえ知られてないと思うけど」オリバーがつっこむ。

ミゲルは、顔をしかめた。きっとほんとのことをいわれたからだ。

「でかくて強そうな犬を連《つ》れて走ってたら、みんながおれのことを知ってくれるじゃん！」

「大きくて強そうな犬は、うちの洗面台《せんめんだい》にはのらないわよ」ママが、冷静《れいせい》にいう。

「けっ」ミゲルはそういうと、リビングを出ていった。

ママが、わたしにいった。

「ベリンダさんによると、トイレトレーニングは順調《じゅんちょう》みたいよ。でも、だいたい二時間おきにそとに出しましょう。ボタンが起きたらよろしくね」

「うん、わかった」

ママは、ひと仕事しにリビングを出ていった。うちのママは、世界じゅうから服を仕入れてお店で売る仕事をしていて、才能《さいのう》のあるファッションデザイナーをインターネットでいつもさがしている。

将来《しょうらい》、ファッションデザイナーになるのもいいかも。服づくりを競《きそ》うテレビ番組「プロジェクト・ランウェイ」も大好《だいす》きだ。もちろん、わたしのつくる服は、ぜーんぶピンクかキラキラ、ううん、ピンクでキラキラにするの！

オリバーは、あいているほうの手でまたテレビをつけると、チャンネルをつぎつぎとかえ、シロクマの赤ちゃんのドキュメンタリー番組で止めた。ボタンが寝《ね》そべっているほうの手は、そのままにしている。わたしは、ボタンをなでつづけた。オリバーとなら、こんなふうにしずかな時間を過《す》ごせるんだ。

三十分ほどたってコマーシャルが入ると、オリバーがぼそりといった。

「なあ、ロージー。女の子って、なに考えてるのか、さっぱりわからないな」

「ええっ。男の子のほうこそ、なに考えてるのか、さっぱりわからないよ。ひとつ下の四年生にアイザックって子がいるんだけど、いつもちょっかいを出してくるんだよ。ポニーテールのリボンを引っぱってにげまわったりするから、ほんとにいらいらするの。なんでそんなことするのかな？　へんだよね？　わけがわからないよ」

オリバーは、テレビを見つめたままいった。

「ロージーのことが好《す》きなんじゃないかな」

「えーっ。うそー！　アイザックは、年下だよ。口のまわりにいつもチョコレートがついてるし。えーっ」わたしは、そこまでいってふと口をとじた。おにいちゃんが、わたしの話を聞いていないことに気づいたからだ。「おにいちゃんは、ミルにそんなことしないでしょ？」

ミルということばが聞こえたとたん、オリバーはこっちを見た。

「おれは四年生じゃないからな」そういって、いかにもつらそうに長いため息をついた。「けど、さいきん、ミルとはなにをやってもうまくいかなくてさ。どうやら、きらわれちゃったみたいだ」

「ミルがそういったの？」

「いいや。でも、わかるんだ」オリバーは、ソファにもたれ、うかない顔で天井《てんじょう》を見あげた。

「なんとかしなくちゃ。ぜったい手ばなしちゃだめだよ。ミルみたいなかっこいい女の子とつきあえるチャンスは、もう二度と来ないと思う」

「だよな」おにいちゃんは、またため息をついた。

すると、とつぜんボタンが小さくほえた。

「グッフ！」

ボタンは、ちょっとだけ顔をあげてテレビを見ていた。画面のなかでは、シロクマの赤ちゃんが雪の上をころころと転がっている。

「グッフ！」

ほえたいけれど、シロクマの赤ちゃんに気づかれるのがこわい。でもけっきょく好奇心《こうきしん》をおさえきれなくて、中途半端《ちゅうとはんぱ》になっちゃったって感じの吠《ほ》え声《ごえ》だ。

「グッフ！」

「ボタンったら、テレビを見てる！　頭いいね！」わたしは感動した。

「おれもテレビばかり見てるけど、頭がいいとはいわれないぞ」と、オリバー。でも、ボタンを見るおにいちゃんの顔は、ほころんでいた。

「シロクマの赤ちゃんが、じぶんに似《に》てると思ってるのかな？」わたしはいった。

ボタンはしばらく、黒い目をキラキラさせてシロクマの赤ちゃんに見いっていた。

それからようやく起きあがると、ソファを探検《たんけん》してまわり、クッションとクッションのあいだに鼻をうずめて伏《ふ》せをした。オリバーは、しびれた手をにぎったりひらいたりふったりしたあと、ボタンの背中《せなか》をやさしくなでた。ボタンが、しっぽをパタパタとふる。体はだいぶかわき、もとの毛糸玉にもどっていた。もう二度とどろだらけにならないでほしいな。

「ボタン、そこで待っててね」わたしは、ソファから立ちあがり、床《ゆか》におろしたままになっていたレジ袋《ぶくろ》のところへ行った。なかに、ペットショップで買った犬用のグッズが入っているんだ。

と、うしろからトンッと音がした。ふりかえると、ボタンがソファから飛《と》びおり、おすわりをしている。カーペットの上で、しばらく目をぱちぱちしたあと、思いだしたようにこっちに走ってきた。

ボタンは、いきおいあまってわたしの腕《うで》を通りすぎ、レジ袋《ぶくろ》につっこみかけた。わたしはかたほうの手でそれをふせいで、もうかたほうの手で買いもの袋《ぶくろ》から首輪《くびわ》をとりだした。

「すてきでしょ！　ピンクでキラキラだよ！」

ボタンは、用心深そうにくんくんとにおいをかぐと、パクッとくわえ、ぶるんぶるんとふった。

「だーめ」ボタンの口から首輪《くびわ》をとりかえす。「ぜったいににあうよ。いま、つけてあげるからね」

ほんとは、ペットショップにならんでいた、小さなピンクのコートや靴《くつ》もほしかった。でもママが、成長《せいちょう》が止まってからね、といった。ママの口ぶりは、わたしがそのうちわすれると思っているようだったけど、そうはいくもんか。ハロウィーンのときだってママにどんなに反対されても、わたしはジャスミン*に仮装《かそう》した。だから、ママとおにいちゃんたちがどんなに文句《もんく》をいっても、わたしはボタンにかわいい服を着せるつもりだ。

でもまずは、このピンクの首輪《くびわ》だ。それなのにボタンは、飛《と》びかかったり、おさえつけたり、寝《ね》ころがったり、かみついたりして、なかなかつけさせてくれなかった。そして、やっとつけたと思ったら、その場をぐるぐる回って、首輪《くびわ》を見ようとした。

「わあ、にあうね！　いま、見せてあげる！」わたしはボタンをだきあげて歩きだし、

＊ディズニー映画《えいが》『アラジン』に出てくるおひめさま

ろうかに立ててある大きな鏡《かがみ》の前でおろした。

わたしが鏡《かがみ》を指でさすと、ボタンは人さし指に飛《と》びかかって、かもうとした。あわてて指を引っこめ、両手でボタンを持ちあげ、鏡《かがみ》を見せる。

「ワン！　ワンワン！」ボタンは、鏡《かがみ》にうつったじぶんを見てほえた。足を必死《ひっし》に動かして近づこうとするけれど、持ちあげられているので、ちっとも前に進めない。

「ワン！」ボタンが、またほえる。

どうやら鏡《かがみ》にうつった犬と遊びたいようだ。

カルロスが階段《かいだん》の手すりから顔を出した。

「なにをしてるの？」

「ボタンが、じぶんにあいさつしてるの」

床《ゆか》におろすと、ボタンはろうかをぴょんぴょん飛《と》びはね、うしろ足で立ちあがって前足を鏡《かがみ》にかけた。すると鏡《かがみ》のなかのお友だちも同じことをしたので、びっくりして飛《と》びのき、くるくる回ったあと、頭を低《ひく》くしておしりを持ちあげた。

「そのポーズは、『遊ぼう』って合図だ。遊んでほしいのさ」カルロスが、いつもの得意顔《とくいがお》で知識《ちしき》をひけらかす。

「そんなの、だれでもわかるよ」わたしはいった。

ボタンは、しばらくそのポーズをしていた。しっぽをふって、のどの奥《おく》から低《ひく》い声を出す。だけどお友だちは、同じポーズをするばかりで、ボタンのほうに来てくれない。しびれを切らしたボタンは、鏡《かがみ》にむかってぴょんとはね、すぐさま飛《と》びのいた。それから、またトコトコと近づき、鏡《かがみ》のにおいをかいだ。そして、鏡《かがみ》にうつったじぶんに気づくたび、びくっとした。最後《さいご》には、鏡《かがみ》の裏《うら》に鼻をつっこんでみたけれど、もちろんそこにはだれもいなかった。

「だいじょうぶだよ、ボタン。代わりにわたしが遊んであげる」

ボタンは、鏡《かがみ》のなかのお友だちに興味《きょうみ》をなくし、カーペットのにおいを熱心《ねっしん》にかぎながら、トコトコとろうかを反対方向に歩いていった。まもなく、ボタンは裏庭《うらにわ》へ出るガラスの引き戸の前に行きついた。ボタンの耳がぴんっと立つ。スズメが二羽、芝生《しばふ》の上をはねているのに気づいたみたいだ。ボタンは、うしろ足のあいだに前足をそろえておすわりをし、スズメを一心に見つめた。

「追いかけたいの？」

ボタンが、舌《した》をちょろりと出して、わたしを見あげる。洗《あら》いたてのボタンは、ふんわりしていてたまらなくかわいい。

引き戸をあけると、ボタンは転がるようにそとに出て、スズメを追いかけはじめた。

わたしもあとにつづこうとしたとき、携帯電話《けいたいでんわ》の着信音《ちゃくしんおん》が聞こえた。

「ロージー、おまえの電話だぞ！」と、パパの声。

裏庭《うらにわ》は柵《さく》でかこってあるから、ちょっとくらい目をはなしてもだいじょうぶだろう。ボタンは、スズメににげられ、地面にのこったにおいを夢中《むちゅう》でかいでいる。わたしは、携帯《けいたい》電話をとりに走った。

「もしもし」

「もしもし、ロージー！」なかよしのピッパだった。

ピッパは、いろんな意味でわたしと正反対だ。肌《はだ》の色はとびきり白くて、性格《せいかく》はとびきりおとなしい。腰《こし》まである髪《かみ》の毛は、まっすぐでほとんど白といっていいくらいのブロンドだ。わたしもピッパみたいにおだやかでいたい、ってときどき思う。でも、ピッパはひとりっ子だからなあ。わたしだって、いじわるなおにいちゃんがいなければ、もうちょっとおだやかでいられるはずなんだけどなあ。でも、おにいちゃんという生きものは、妹の髪《かみ》の毛にスパゲッティをなすりつけたり、バービー人形の服のおしりの部分をハサミで切りとったりする。これ、ほんとにあった話なんだよ！

「ちょうどよかった。いいことがあったの。あててみて！」そういったものの、わたしはピッパの返事を待つつもりはなかった。ピッパはじっくり考えるタイプなので、答えるまでにものすごく時間がかかるんだ。

「犬を飼《か》ったんだよ！」

「ほんと？　すごい！　どんな犬？」

「トイプードルの子犬だよ。ものすごくかわいいの。あした、会いにきて。いっしょに、かわいい服を着せようよ」

「わかった！　ママにきいてみるね」

わたしは、携帯《けいたい》電話で話しながら、引き戸へもどって庭に目をやった。

あれ？　ボタンがいない。

「ピッパ、ちょっと待ってて」わたしは戸をあけて裏庭《うらにわ》を見まわした。

「ボタン、どこにいるの？」

「わー、かわいい名前だね！」電話からピッパの声が聞こえる。「ボタンかあ。すごくいいね。うちのムックリとお友だちになれるかなあ」

さっきボタンが飛《と》びだしてきたツツジの茂《しげ》みから、「ウッフウッフ」とこもった吠《ほ》え声《ごえ》がして、土のかたまりが舞《ま》いあがっている。

う、うそでしょ。

わたしは悲鳴をあげた。

「ボタン――！」

茂《しげ》みから小さな顔がひょっこりあらわれた。その顔は、ほんのちょっと前までのきれいでかわいい顔じゃなかった。右耳から左耳まで顔じゅうがどろだらけだった。ボタンはこっちを見ている。にんまりと笑《わら》っているみたい。

あらってから、まだ二時間もたっていないのに！　またどろんこになるなんて！

6

「あとでかけなおすね」わたしは、ピッパにそういって電話を切った。

タオルをつかみ、裏庭《うらにわ》に飛《と》びだしてボタンを追いかける。ボタンは、うれしそうに走りまわり、タオルをかぶせようとするたびに、するりとにげた。

ふいにボタンが小さな歯でタオルのはしっこにかみつき、「ウーウー」とうなりながら首をブルブルふった。それでやっとつかまえることができた。タオルでくるみ、家のなかへ運ぶ。ボタンが首をのばし、わたしの耳をなめたせいで、首筋《くびすじ》にどろがついた。おまけに、タオルから出ようとあばれたから、着がえたばかりの服に茶色い足あとがついてしまった。

家に入ると、オリバーがキッチンにむかっていた。

「うわっ！」おにいちゃんは、どろだらけのボタンを見ていった。「もうきたなくなっちゃったのか？」

「またおふろに入れなくちゃ。手伝《てつだ》ってくれない？　ママにたのむのは悪いから」

「いいよ」

こうしてわたしとオリバーは、ボタンをまた洗面台《せんめんだい》にのせた。蛇口《じゃぐち》をひねると、ボタンは出てきた水にかみつこうとしたけれど、水が鼻に入ってきょとんとした。「クシュン！　クシュン！」二回くしゃみをする。はげしく首をふると、耳がパタパタとはためき、水しぶきが飛《と》びちった。

ボタンがうちに来てから、まだ三時間しかたっていないなんて信《しん》じられない。その三時間、ずっとボタンをあらっているような気がする。

「あーあ。すてきな首輪《くびわ》がだいなしだよ。もう、ボタンったら悪い子！」

ボタンはわたしの手をなめ、まんまるの目をうるうるさせている。ごめんなさいといっているみたいに見えた。

「子犬は、いたずらするもんさ。これがふつうじゃないかな」オリバーがいう。

わたしは、いったん深呼吸《しんこきゅう》をし、じぶんにいいきかせるようにいった。

「でも、ロットワイラーよりはマシだよね。あんなに大きな犬を二時間おきにあらうなんて、考えたくもないよ」

するとおどろいたことに、オリバーおにいちゃんがにっこりと笑《わら》ったんだ。ミルにしか見せないような笑顔《えがお》だった。

わたしたちは、ボタンをあらいおえ、またべつのタオルでくるんだ。きたないおにいちゃんが四人もいるおかげで、うちには使い古しのタオルが山ほどある。

それから、ボタンをじぶんの部屋に連《つ》れていった。ペットショップの袋《ふくろ》は、オリバーが持ってきてくれた。

前にもいったけれど、わたしの部屋は我《わ》が家《や》で一番きれいな場所だ。ドアには、ピンクの厚紙《あつがみ》がはってあって、キラキラのペンで「男子おことわり。とくにきたない男子」と書いてあって、その下には「とくにダニー！　ダニーは、ぜったいに入っちゃだめ！」と書きたしてある。ダニーは、とにかくわたしをよくからかう。しょっちゅう勝手に部屋に入ってきて、わたしの持ちものにいたずらをするんだ。たぶん気づいたと思うけれど、バービー人形服切りぬき事件《じけん》の犯人《はんにん》はダニーだ。

わたしはいつも、「いっしょに遊びたいなら、そういえばいいのに!」っていってやるんだけど、ダニーは、「だれがおまえなんかと! 女子はくだらない!」っていいかえしてくる。ものすごく子どもっぽいよね。べつにどうでもいいけど。ほんとのところ、ダニーもバービー人形やマイリトルポニーで遊びたいんじゃないかな。

ダニーがわたしにいじわるをするのは、わたしがじぶんだけの部屋を持っているからかも。きょうだいのなかで女の子はわたしだけだから、ひとり部屋をもらえたんだ。ダニーは、カルロスといっしょに部屋を使っているから、わたしをねたんでるんだと思う。来年オリバーが家を出ていったら、カルロスはオリバーの部屋にうつる。そしたら、ダニーもひとり部屋になるから、いじわるするのをやめてくれるかな。

二年前、ママに手伝《てつだ》ってもらって、部屋のもようがえをした。カーペットは貝がらの内側《うちがわ》みたいなあわいピンク色で、壁紙《かべがみ》は白地にピンクの小さなバラのつぼみがついている。レースのカーテンをとめるリボンも、もちろんピンク。床《ゆか》には小さなハート型《がた》のもこもこのラグがふたつしいてあって、ふたつとも、目のさめるようなピンク色だ。ホットピンク色の椅子《いす》ともカンペキにマッチしている。

いっぽうの壁《かべ》には、人形とぬいぐるみをきれいにかざった棚《たな》があって、もういっぽうの壁《かべ》には、本を作者の名前順《じゅん》にならべた本棚《ほんだな》がある。ほとんどの本は、ママがわたしのためにはりきって買ってくれたものだ。おにいちゃんたちは、「エロイーズ」や「マドレーヌ」や「すてきなナンシー」や「アリー・フィンクル」のシリーズをほしがらなかったし、『小公女』や『長くつ下のピッピ』を読みたがらなかったからだ。おかげでわたしは、おさがりをもらわずにすんだ。おにいちゃんたちの本は、テニスのラケット代わりに使ったとしか思えないくらいぼろぼろなんだ。

勉強机《づくえ》の上の壁《かべ》にはコルクボードがかかっていて、インターネットで見つけたトイプードルの写真が二枚《まい》、画びょうでとめてある。写真の横には、ハローキティーのカレンダーと、わたしがかいたドレスの絵。まだじぶん専用《せんよう》のパソコンは持ってないけれど、来年になったら、いまオリバーが使っているのをもらえるかもしれない。オリバーは、大学用に新しいパソコンを買うんじゃないかな。

ベッドは頭側《がわ》と足側《がわ》のはしに白い板がついていて、ピンクのキラキラシールがびっしりはってある。ベッドメイキングは、毎朝かかさずしている。そうしたほうが、気持ちがいいから。ピンクの水玉もようのベッドカバーをぱっと広げてしわをのばし、ピンク色のふかふかのクッションとお気に入りのぬいぐるみを三つおけばできあがり！

わたしは、部屋に入ると、ドアをしめてボタンを下におろした。ボタンがタオルからはいだし、カーペットに体をこすりつけてかわかそうとする。わたしは、ペットショップの袋《ふくろ》をあけ、お店でひと目ぼれした犬用のベッドをとりだした。ひらべったい長方形のクッションで、ふちのほうがもりあがっている。色はもちろんピンクだ。外側《そとがわ》に小さなラインストーンがついているところと、内側《うちがわ》に小さな犬用の骨《ほね》のもようがあるところが気に入った。ふちに白いもふもふしたかざりがついているのもポイントが高い。

わたしは、ボタンのベッドをじぶんのベッドの横においた。

「ほら、見て！　ボタンのだよ！」

だけど、ボタンは見むきもしなかった。ピンク色のもこもこのラグに気をとられている。

「キャン！」ボタンは、ラグに飛《と》びついた。シャカシャカシャカシャカ。小さな爪《つめ》でラグを引っかく。

こんどはかみつき、ふりまわそうとした。すると、一束《ひとたば》の毛がぬけおちて、ボタンはそのはずみでうしろにひっくりかえり、きょとんとした。そして、口から毛束《けたば》をぽとりと落とすと、うれしそうにほえ、またラグにかみつき、毛束《けたば》を引きぬいた。

「ボタン、だめ！」

お気に入りのラグがめちゃくちゃにされちゃう！

わたしはボタンをだきあげ、小さな口をこじあけてラグの毛を引っぱりだし、ボタンをわたしのベッドの上にのせた。それから二枚《まい》のラグを床《ゆか》からひろいあげてたたみ、クローゼットの奥《おく》におしこんだ。

「キャン！」ボタンはうれしそうにほえ、こんどはベッドにおいてあるクッションに飛《と》びかかって、またほえた。「ウー。キャン！」

「だめだよ」またボタンをだきあげる。

ボタンは、おとなしくだかれたまま、わたしの親指をあまがみし、うっとりとしている。わたしは、買ったばかりの小さな犬用ベッドにボタンをおろし、その横にすわった。ボタンがあまりにも小さくて、ベッドが巨大《きょだい》に見える。ボタンが十ぴきは入る大きさだ。

ボタンは、立ちあがってベッドのなかを一周《いっしゅう》し、すみずみまでにおいをかいだ。そして、ふちから鼻をつきだし、わたしを見て目をぱちくりさせた。ねえ、いったいこれはなあに？　といっているみたいだ。

「かわいいベッドでしょ？　気に入った？　首輪《くびわ》と同じ色だよね。あっ、よごれる前の首輪《くびわ》、ってことだけど。もう、ボタンは悪い子なんだから」

「クシュン！」ボタンは、またくしゃみをした。ベッドのふちのもふもふのせいで、鼻がくすぐったくなったようだ。

ボタンは、おすわりをすると、首をうしろに回してしばらくじぶんのしっぽをくんくんとかぎ、また前にむきなおった。それから、覚悟《かくご》をきめたようにもふもふのふちをこえて、うれしそうにぴょんとはね、鼻を床《ゆか》にくっつけながら部屋のなかを探検《たんけん》しはじめた。部屋じゅうのにおいを念入《ねんい》りにかぎおえると、ようやくドアの前で立ちどまり、足をのばしておなかを床《ゆか》にぺたんとつけた。小さな目をとじ、満足《まんぞく》そうにフーッと息をはく。ボタンは、ほほえんでいるような顔をしたまま、ねむってしまった。

「えーっ、ボタン！　ベッドで寝《ね》てよ」

わたしは、がっかりした。でも、起こしたくなかったので、ボタンがねむっているあいだに宿題を終わらせ、夕飯《ゆうはん》の時間まで「アリー・フィンクル」の最新刊《さいしんかん》を読んだ。ご飯《はん》ですよ、というママの声で、ボタンは目をさました。ぴょんと飛《と》びおきて、ここはどこだっけ？　というような顔をする。ずっと同じ姿勢《しせい》でねむっていたので、鼻の片側《かたがわ》の毛がぺたんこになっていた。ボタンはまばたきをし、体をブルブルッとふって、わたしを見あげた。それから口をあけて舌《した》を出したので、笑《わら》ったように見えた。まるで、わたしに気づいてよろこんだみたいだった。

わたしはいった。

「お庭に出る時間だよ。こんどこそ、目をはなさないからね！」

階段《かいだん》をおりるときは、ボタンをだっこした。ひとりでおりられるか心配だったからだ。下までおりると、パパがいた。パパは、ボタンの頭をくしゃくしゃっとし、にっこり笑《わら》いながらいった。

「ほんとうにかわいいな。上では、いい子にしてたかい？」

「ほとんど寝《ね》てたよ」

「そうだろうね。子犬はよくねむるらしい。とくにきょうは、いろんなことがあったからな」

「二回もおふろに入ったもんね！　わたしでも、一日二回も入らないよ！」

パパは、クスクスと笑《わら》った。

「おまえがよごれた服を着ているなんて、ひさしぶりに見たな。赤ちゃんのころ以来《いらい》だ」

そういわれて、はっとした。二度目にボタンをあらったあと、着がえるのをわすれていた。わたしったら、どうしちゃったんだろう？　いつもはすこしでもよごれたら、すぐに着がえるのに。学校へ行くときも、リュックに着がえを入れていくほどだ。お昼休みに、おかしな犬が食堂《しょくどう》に入りこんで、大騒動《おおそうどう》になったりすることがあるからね。

「どうせまたボタンによごされちゃうかもしれないから」わたしはいった。でも、ぜったいにそうはさせるもんかと思った。

引き戸をあけ裏庭《うらにわ》に出て、戸をしめてからボタンをおろした。

「はい、どうぞ」そういって、芝生《しばふ》を指さす。「足をよごさないでね。土をほりかえすのもだめだよ」

ボタンは、わたしを見ながら首をかしげた。遊んでもらえると思っているのかもしれない。

「ほら、おしっこしてちょうだい」

そのとき、うしろで引き戸のあく音が聞こえた。ふりかえるとオリバーが立っていた。

「ボタンを見張《みは》ってるのか?」

「うん。ツツジの茂《しげ》みに近づかないようにね」

と、つぎの瞬間《しゅんかん》、ボタンが走りだした。わたしは、ボタンとツツジの茂《しげ》みのあいだにさっと立ちはだかった。ボタンが、つんのめって止まり、きょとんとする。

「そうはさせないよ。ボタン、いい子にしてね！」

ボタンは、こんどは反対側《がわ》に首をかしげた。なにいってるの？　あたし、いい子でしょ！　といっているみたいだ。

ボタンは、しなくちゃいけないことに気づいたようだ。トコトコと歩きだし、地面のにおいをかいだり芝生《しばふ》を引っかいたりしたあと、ふいに姿勢《しせい》を低《ひく》くして用をたした。

「ほーら、やればできるじゃない」わたしは満足《まんぞく》していった。

「いいね」オリバーもいった。

つぎにボタンは、花だんに近づいていった。わたしは、身がまえた。すこしでも土をほりかえすそぶりを見せたら、走っていってつかまえよう。ボタンは、とちゅうで立ちどまって芝生《しばふ》のにおいをかぎ……またすこし歩くと立ちどまってくんくんし……ついにマルチングがまいてあるスミレとベゴニアにたどりついた。ママがマルチングとよんでいるものは、ただの木くずにしか見えないけれど、植物を乾燥《かんそう》や害虫《がいちゅう》からふせいでくれるんだって。

さては、また土をほりかえそうとしているのかな?

ボタンが、ちらっとこっちをふりかえる。

わたしは、両手を腰《こし》にあてていった。

「へんな気を起こさないでね」

ボタンが、またマルチングを見る。わたしはかけだした。すると、ボタンは足のあいだからわたしが走ってくるのを見て、マルチングに飛《と》びこみ転がった。木くずの上をうれしそうにコロコロコロと!

「ボタン、やめて!」

つかまえようとすると、ボタンはぴょこんと起きあがってにげた。体じゅうに、木くずがからみついている。とくに足は、ひどかった。ボタンは、わたしの手をすりぬけ、オリバーのところへ一直線ににげていった。

「おっ!」オリバーが、ボタンを受けとめようとしゃがむ。

ボタンは、オリバーのひざに飛《と》びのり、おにいちゃんの顔をなめようとした。オリバーが、ボタンを両手で持ちあげ、腕《うで》をのばす。ボタンは、オリバーに近づこうと必《ひっ》死《し》に足を動かした。ピンク色の舌《した》がぺろぺろと宙《ちゅう》をなめる。

おにいちゃんは、プッとふきだした。

「ぜんぜんおもしろくないよ！」わたしは、ぷんぷんしながらオリバーに近づき、小さな体から木くずをとりのぞいていった。

転がっていたのはほんの二、三秒だったのに、どうしてこんなによごれちゃったんだろう。そもそも、どうしてこんなことをするの？　なんで、ボタンは、わたしみたいにいい子でいられないの？

この子って、ほんとにトイプードルなの？

7

つぎの日からまた学校がはじまると思うと、ちょっとほっとした。ボタンはかわいかったけれど、寝《ね》るまでにさらに二回もおふろに入れるはめになったからだ。おまけにボタンは、せっかく買ってあげたピンクのベッドをいやがり、キュンキュン鳴いてわたしといっしょに寝《ね》たがった。でもわたしは、トイレのしつけがカンペキになるまではだめ、というママのいいつけを守り、ボタンを床《ゆか》に寝《ね》かせた。しばらくしてボタンはようやくあきらめ、わたしのベッドの下にもぐりこんでスースーと寝息《ねいき》を立てた。

夜中にママが部屋に入ってきた気配がした。ねんのため、ボタンをそとに出したんだと思う。でもボタンは、もう朝までトイレに行かなくてもだいじょうぶそうだった。

それにしても、どうしてじぶんのベッドで寝《ね》てくれないのかな。ものすごくかわいいのに！　ピンクなのに！　なにが気に入らないんだろう。

つぎの日の朝、わたしとおにいちゃんたちは、いつものようにドタバタと学校の支《し》度《たく》をした。我《わ》が家《や》の朝は、いつだっててんやわんやだ。二階にはバスルームが三つあるけれど、ミゲルがそのうちのひとつを一時間くらい占領《せんりょう》する。これ、ほんとの話。前髪《まえがみ》をちょうどいい具合にセットするのに命をかけているからだ。オリバーがどなりながらトイレのドアをバンバンとたたくのも、朝のおなじみの光景《こうけい》だ。

わたしは、ママとパパの部屋にこっそり入って、うちで一番きれいなバスルームを使わせてもらう。ここなら、おにいちゃんたちの使うバスルームとちがって、しめったタオルが落ちていることも、剃《そ》ったヒゲが洗面台《せんめんだい》に飛《と》びちっていることも、きたないスニーカーが転がっていることもない。

ボタンは、まちがいなくこのドタバタを楽しんでいた。みんなの足にまとわりつき、靴《くつ》ひもに飛《と》びかかって、キャンキャンとほえる。裏庭《うらにわ》に出しても、茂《しげ》みに近づこうともしないで、すぐに家のなかにもどってきた。どんな小さなハプニングも見のがすもんか、というように。

わたしたちが学校に行っているあいだは、ママがボタンのめんどうを見ることになった。ママは、じぶんのお店に週に二日くらいしか行かない。スタッフをひとりやとっていて、その人にお店をまかせているから、ママは家で仕事をすることのほうが多いんだ。

「ボタンをなんどもあらうはめにならないといいね」わたしはママにいった。

「だいじょうぶよ。ふたりでなかよく過《す》ごしましょうね」ママは、ボタンの毛をくしゃくしゃしながらいった。ボタンがママの足に体をこすりつける。

「ママは子どものころ、どんな犬を飼《か》ってたの？」

ママは、なつかしそうに遠くを見て答えた。

「小さくてふわふわの犬よ。マルチーズとヨークシャーテリアのミックスが多かったかな」

「へえ」

たぶんママは最初《さいしょ》からわたしの味方だったんだ。けっきょくたくさん世話をするのはママだから、ボタンが小さくてふわふわの犬でよかった。

「いってきまーす！」ダニーの元気な声と裏口《うらぐち》から出ていく音が聞こえた。

ダニーは、毎朝自転車に乗ってパーカーの家に寄《よ》ってから学校へ行く。おかげで、うるさいおにいちゃんといっしょに登校しなくてすんでいる。わたしは、いつもピッパのおかあさんに車でむかえにきてもらうんだ。ミシェルというもうひとりの女の子もいっしょだ。

「来たわよ」ママは窓《まど》のそとを見ていうと、わたしにランチの入った紙袋《かみぶくろ》をわたした。

ダニーは、学校の食堂《しょくどう》でランチを買うけれど、わたしは前の晩《ばん》にじぶんでサンドイッチをつくっておく。食堂《しょくどう》の料理《りょうり》はどれも見た目がべちょっとしていて、まずそうだからだ。それにサンドイッチにはこだわりがあって、パンの耳はついたままだといやだし、はしっこがカンペキにそろっていないと気持ちが悪いし、ピーナッツバターとジャムのサンドも、ハムとマスタードのサンドも、具のバランスがじぶん好《この》みじゃなくちゃだめなんだ。そんなわけで、ママでさえ、わたしを満足《まんぞく》させるサンドイッチをつくれない。

「じゃあ行ってくるね、ボタン。いい子でいるんだよ」わたしは、しゃがんでボタンをなでた。「あっ、ママ。放課後《ほうかご》、ピッパとミシェルに遊びにきてもらってもいい？」

「いいわよ。ちゃんとおうちの人にうちによっていいかきいてもらってね。ほら、もう行きなさい。遅刻《ちこく》するわよ」

わたしは、アニメの「パワーパフガールズ」のキャラクターの絵のついたリュックをつかむと、車に走っていった。いつものようにピッパが助手席《じょしゅせき》に、ミシェルがうしろの席《せき》にすわっている。わたしがうしろの席《せき》に乗りこむと、ピッパはふりかえって手をふった。

ミシェルは、おはようもいわずに話しだした。

「ピッパに聞いたけど、犬を飼《か》ったんだって？　ほんと？　ほんとに犬を飼《か》ったの？　種類《しゅるい》は？　どんな犬？　どうして飼《か》うことにしたの？」

ミシェルは、いつも友だちを質問攻《しつもんぜ》めにする。じぶんのおとうさんとおかあさんみたいに、心理学者になるのが夢《ゆめ》だからだ。あれ、それとも、精神科医《せいしんかい》だったかな？　ふたつのちがいがよくわからないや。

ミシェルのどこが好《す》きって、ファッションセンスがばつぐんなところだ。くるくるの黒髪《くろかみ》をいつもうしろでひとつにまとめ、カラフルなスカーフでむすんでいる。ミシェルのおとうさんはケニヤの出身で、誕生日《たんじょうび》なんかの特別《とくべつ》な日にいつも親戚《しんせき》がケニアからスカーフを送ってくれるんだって。だから、ミシェルは数えきれないほどたくさんスカーフを持っている。きょうは、鳥のもようのオレンジと黄色のスカーフで、着ているオレンジのシャツとブルーのデニムスカートによく合っていた。

もちろん、わたしの服はピンク色。きょうの服は、四番目にお気に入りの服だ。一番目と二番目は、ボタンの足あとだらけになっちゃって洗濯《せんたく》中《ちゅう》だし、三番目は先週の金曜日に着たばかりだからやめておいた。わたしは、こういうところにも気を配るようにしているんだ。

わたしは、ミシェルの質問《しつもん》に答えた。

「うん、犬を飼《か》ったんだ。学校が終わったら、ふたりともうちにおいでよ。あっ、ピッパのおかあさん、おはようございます」

「おはよう、ロージー」

「ママ、行っていい？」と、ピッパ。

もちろんピッパのおかあさんはうなずいた。放課後《ほうかご》、ピッパはたいていうちに来る。ピッパのおかあさんは、夜おそくまで仕事をしていることが多くて、娘《むすめ》をひとりで留《る》守番《すばん》させたくないからだ。おとうさんはずいぶん前に亡《な》くなったので、ピッパの家族はおかあさんとネコのムックリしかいない。こういっちゃなんだけど、あのネコと留《る》守番《すばん》をしていても楽しくなさそうだ。

ミシェルがいった。

「わたしは、学校についたらパパに電話してきいてみるよ。ねえねえ、もっとその犬のこと教えて！　家に犬がいるって、どんな気持ち？　その子のこと、気に入った？　家族の力関係《かんけい》に変化《へんか》はあった？」

「ミシェルのいっていること、ぜんぜんわからないよ」と、ピッパ。

「ロージーのおにいちゃんたちは、どう思ってるの？」ミシェルがきく。

ときどき、ミシェルはダニーが好《す》きなのかもと思うことがある。うちに来ると、ダニーにばかり話しかけるし、ダニーがどんなにひどいおにいちゃんかいつも話しているのに、ぜんぜん気にならないみたいだ。

「おにいちゃんたちは、大きい犬をほしがったんだけど、わたしが勝負に勝ったから、小さい犬を飼《か》うことになったの。こーんなにちっちゃいんだよ」わたしは、手でボタンの大きさをあらわした。

「わあ」ピッパが歓声《かんせい》をあげ、ミシェルが笑顔《えがお》になる。

「ふたりとも、ぜったいに気に入るよ」

ボタンがどろんこになるのが好《す》きなことは、だまっておいた。きっときのうはうちに来たばかりだったせいだ。きょう家に帰ったら、いい子になっているはず。

九月に五年生になって、運よくわたしたち三人は同じクラスになった。担任《たんにん》は、アップルバウム先生だ。四年生のときは、ピッパだけがちがうクラスでさみしかった。ミシェルのことも大好《だいす》きだけど、授業中《じゅぎょうちゅう》にメモをやりとりする相手としてはイマイチなんだ。たくさん質問《しつもん》してくるし、親のまねをしてむずかしいことばかり使うんだもん。

アップルバウム先生は、「変化《へんか》をもたらす」ことをクラスのスローガンにしていて、「地域《ちいき》に役立つ」にはどうすればいいか考える課題《かだい》をよく出す。先生が最初《さいしょ》に出した

https://www.tokuma.jp/kodomonohon/
徳間書店
読者と著者と編集部をむすぶ機関紙

子《こ》どもの本《ほん》だより

2024年7月／8月号　第31巻　182号

『気のつよいちいさな女とわるいかいぞくのはなし』より　Illustration © 2024 Miho Satake

屋根裏部屋の古い本

編集部　上村　令

「子どもの本を作る人になりたい」と思ったのは、中学生の頃でした。児童文学の新刊を読んでもおもしろく感じられなくなり、大人の本にはまだあまりなじめず楽しめる本がなく（当時はＹＡというジャンルはまだありませんでした）、「それなら自分でおもしろい子どもの本を作ればいいんだ！」と、勝手に決めたのです。

　その頃は、誰にも必ず訪れる死というものについて、真剣に考えた時期でもありました。自分が死んだ後には何が残るだろう？　と考えた時に、ふわっと頭に浮かんだ一つのイメージがありました。「いつかわからない未来、屋根裏部屋で一人の女の子が古い本を見つけ、夢中になって読んでいる」場面です。その古い本が、自分がいなくなった後も残った「自分の作った本」だったら…自分の存在も、まったくの無になるわけではないのかも、と感じられました。

　十代前半のそんな夢を幸運にも実現し、送り出してきたたくさんの本。その中に、本当に、一人の人間の命より永い命を得て、未来の子どもたちと出会ってくれる本が何冊かでもあれば、本望！　という気がしています。

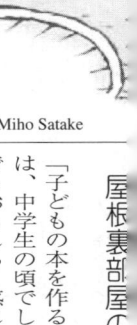

子どもの本の本屋さん〈第158回〉

埼玉県
川口市

須《す》原《はら》屋《や》 川口前川店

埼玉県で創業百四十八年を迎える老舗《しにせ》、須原屋。今回は川口前川店の店長・赤坂浩史《あかさかひろし》さんと、児童書担当の永井宏《ながいひろ》美《み》さんにお話をうかがいました。

Q 須原屋の創業は明治九年だそうですね。

赤坂店長（以下、赤坂） 初代高野幸吉《たかのこうきち》が、浦和に創業しました。戦争で休業状態に入った時期もありましたが、百四十八年間、看板を掲げ続けることができ、一貫して地域密着型で経営してきました。

創業以来、最も大事にしていることは「地域に愛される本屋」であること。「埼玉の本屋といえば須原屋」と思っていただけるような書店を目指し、現在は埼玉県内に七店舗を構えるほか、浦和を中心に学校向けの販売にも力を入れております。

Q 川口前川店の特徴を教えてください。

赤坂 当店は、全店舗のなかで売り場面積が一番広く、バラエティーに富んだ品揃えをしています。ショッピングモールの中にあるので、ファミリーでのお客さま、小さなお子さまも大変多くいらっしゃいます。

広々としていてベビーカーでも入りやすいのはいいのですが…それゆえに、お客さまが求めている本がすぐには見つからないというのが、長年の課題です。在庫はあるのに、お客さまが見つけられなかったために、「ほしい本がなかった」とがっかりしてお帰りになる…ということがないよう、案内や表示には、今後も細やかに対応していこうと思っています。

Q おふたりが書店員になられたきっかけと、子どものころお好きだった本について、お聞かせください。

赤坂 私は、学生時代に須原屋でアルバイトをしていました。卒業後は別の仕事に就いたのですが、数年して、やっぱり書店での仕事をしたくなり、須原屋に転職してから三十年以上が経ちました。

小学生のころは、親がそろえてくれた伝記が好きでした。子どものころに読んだものって、けっこう覚えているんですよね。例えば『リンカーン』に出てきたアメリカの大統領選の仕組みなどは、大人になっても記憶にあり、役に立ちます。

売り場面積が420坪ある、広い店内。入口に児童書売り場があり、週末には多くの家族づれが訪れます。

永井さん（以下、永井） 私も、学生時代に須原屋でアルバイトをしていて、偶然ですが、やはり大学生だった赤坂店長といっしょに働いていたんです。一時期、ほかの仕事をしていたのですが、書店の仕事が好きだったので、須原屋に戻ってきて、もう二十年以上勤務しています。

好きだった本でよく覚えているのは、中学生のころ、自分で買ったコバルト文庫。なかでも、新井素子さんの本が好きでした。

Q 須原屋さんでは、長く勤めている方が多いそうですね。

赤坂　そうなんです。スタッフには、アルバイトで何十年も働いているという人も多く、社員よりも本に詳しかったりして、とても助かっています。

永井　働きやすい職場なのだと思います。

Q　最近では、どんな本が人気ですか。

永井　小さなお子さまは、しかけのある絵本が好きですね。しかけ絵本のコーナーには、いつもお客さまがたえません。また、エリック・カールの『はらぺこあおむし』や、かがくいひろしさんの「だるまさん」シリーズなども、常に人気があります。小学生は、斉藤洋さんの「おばけずかん」シリーズ。補充してもすぐに売れるので、切らさないよう気をつけています。それから、「おしりたんてい」「かいけつゾロリ」といったシリーズも、相変わらずよく売れています。鈴木のりたけさんの『大ピンチずかん』も人気がありますね。

Q　弊社の新刊の『マップス・プラス』『まよなかのかいじゅう』を早速置いていただきまして、ありがとうございます！

赤坂　徳間書店さんは、児童書に限らず、さまざまなジャンルの本を出版されているので、どの売り場にも本があり、存在感がありますね。

Q　今後の抱負《ほうふ》をお聞かせください。

永井　私は実用書の担当が長く、実は児童書の担当になってまだ五ヶ月です。実用書の場合、ひとつの作品が急に何十冊も売れるということは、めったにありません。ですが、児童書は人気が出ると、何十冊も売れていくのが、とても新鮮で面白く感じています。

　最初は、前任が築いてくれたものをしっかり引き継がなくては…という思いで、これまで売れていた本を中心に展開してきました。ですが、少しずつ慣れてきましたので、私自身が売りたいと思う本も積極的に置いて、売り場を作っていきたいと思っています。また、紙の本が読みたい、という子どもたちを増やしていきたいです。

赤坂　埼玉が「県」になった明治初期から、須原屋は、埼玉県の発展とともに歩んでまいりました。

「本っておもしろい！」とお子さんたちに思ってもらえる場にしたいと語る、赤坂店長。

この地域には、全国展開の大型書店が複数あり、競争も激しいのですが、私どもは、これからも地域に密着し、郷土の文化を大事にしていきたいですね。郷土本や、埼玉出身の作家さんの作品、埼玉に関係する本などを、引き続き、豊富に揃えていこうと思っております。老舗《しにせ》ということにあぐらをかかず、この先を見据えて、はぶくものや、変えるものがないか、ひとつひとつを見極めながら、日々、実行していきたいと思っております。

　また、これまでお子さま向けにイベントを行ってきましたが、さらにイベントを増やし、より多くのお客さまが足を運びたくなるような工夫をしていこうと思っております。

ありがとうございました！

お店の情報

須原屋
川口前川店

〒333-0842
埼玉県川口市前川1-1-11
イオンモール川口前川3F

TEL：045-263-5321
10：00～21：00

JR蕨駅よりバスで約10分

https://www.suharaya.co.jp/information/?id=6

絵本の魅力にせまる！

絵本、むかしも、いまも…

第161回「生きる営みの美しさを描く」
シドニー・スミス『ぼくは川のように話す』

文：竹《たけ》迫《さこ》祐《ゆう》子《こ》
いわさきちひろ記念事業団理事。同学芸員。主な著書に、『ちひろの昭和』『初山滋』他。

扉をめくると、見開きいっぱいに六コマの絵。ノートや服が散らかる床、恐竜のフィギュア、おもちゃの木馬、窓辺のレーシングカー、そして、鏡に映った少年の小さな後ろ姿と、クローズアップされた少年の眼。唐突に始まるこの場面に、瞬時に心を掴《つか》まれ、同時に、少し緊張します。頁が進むにしたがって、少年には吃《きつ》音《おん》があり、この日は一段と憂鬱《ゆううつ》な朝を迎えたことがわかってきます。学校では毎日、「世界で一番素敵な場所」について話すことになっていて、この日は少年が話す番。けれど、やはりみんなの前ではうまく話すことができず、級友の目が少年には鋭く突き刺さるようです。

絵本『ぼくは川のように話す』は、カナダの詩人ジョーダン・スコットの自伝的物語。そして、繊細《せんさい》な少年の内面を見事に絵に描いたのは、二〇二四年の国際アンデルセン賞画家賞を受賞したシドニー・スミスです。二〇二三年九月に板橋区立美術館の招きで来日し、ＪＢＢＹ（日本国際児童図書評議会）でも講演しました。

一九七八年、カナダのノバスコシア生まれ。小さい頃は、昏睡患者になるひとり遊びを思いついたり、エドワード・ゴーリーの絵本やマザー・グースなど、ちょっと怖いグロテスクな話が好きな子どもだったと言います。彼は、子どもは「複雑な気持ち」を持っていて、「絵本は、そうした様々な感情を安心して味わうことができる」ものであり、「子どもは絵本を見ながら、複雑で多様な感情の地図を作っている」と語ります。

はじめて絵本を手掛けたのは、地元の美術大学で学んでいた頃。周囲の学生の多くが前衛的なコンセプチュアル・アートを手掛けていたなか、彼は、男の子が旅する物語を五場面のリノカット版画で描きました。特定の画風に縛られることなく、それぞれの物語に最も適した描き方を選ぶというスミスですが、この『ぼくは川のように話す』では、輪郭線を描かず水彩絵具の色のにじみを多用し、少年の内面を描きました。また、傷ついた心を表すために、描いた少年の顔の画面を削るスクラッチングといった表現も試みています。

絶妙な場面作りと画面展開、そして、光の描写には、美大で学んだ映像表現が活《い》きています。冒頭の六コマの絵も、読者の視線の移動を促し、あたかも映画を観ているよう。

絶望的な気分の少年を、放課後、父親は川に連れて行き語ります。「おまえは、川のように話しているんだ」と。泡立ち、渦巻き、波打ち、砕け…。見開きの画面いっぱいに描かれた少年の顔は、後ろから光が当たり、耳の産毛まで見えるようですが、その場面をさらに左右に開くと圧巻。横二倍の画面に広がる夕日にきらめく川面と、その中を行く少年の後ろ姿。この心象風景からは、少年の心が少し前に進んだことが読み取れます。

シドニー・スミスの絵は、穏やかな色の中にもダークな色合いを混在させ、光の傍《かたわ》らに闇を置き、人が生きゆく営みを、その困難を含めて美しいものとして捉《とら》え、伝えます。

『ぼくは川のように話す』
ジョーダン・スコット 文
シドニー・スミス 絵
原田勝 訳
初版 2021年
偕成社 刊

野上暁の児童文学講座

「もう一度読みたい！'80年代の日本の傑作」

第90回 ときありえ『のぞみとぞぞみちゃん』（一九八八年／理論社）

もうすぐ小学校に入学する少女の、微妙に揺れ動く気持ちにしなやかに寄り添って、その不安と喜びを奇抜なシチュエイションで描き出したこの作品は、一九八九年度日本児童文学者協会新人賞を受賞して、その新鮮さが話題になりました。

パパとママの「のぞみの星」だからと名前がつけられたのぞみちゃんですが、自分のことを「ぞぞみ」としか言えません。

公園で遊んでいて、気が付くとあたりが薄暗くなっていました。あわてて家に帰ると、家には誰もいません。のぞみが居間をのぞくと、オカッパ頭の女の子が後ろ向きに座っています。女の子がパッとこちらを向くと、その顔はまるで鏡から抜け出してきたように、のぞみと瓜二つ。「あんた、だれ？」と、のぞみが聞くと、「わたし、ぞぞみよ」と女の子。のぞみは怖くなって、「おかあさーん」と泣きそうになって、叫びます。

ところが、ぞぞみちゃんは平気でチョコレートを持ってきて一緒に食べようと言ったり、お人形さんごっこをしようと誘ったり、冷蔵庫から牛乳パックを持ってきて、のぞみと一緒に飲もうとしたり、鬼ごっこを始めたりと、勝手に決めてのぞみを巻き込みます。

そこにお母さんがスーパーの紙袋を持って帰ってくると、ぞぞみちゃんの姿はどこかに消えていました。

文：野上《のがみ》暁《あきら》
児童文学研究家。著書に『子ども文化の現代史〜遊び・メディア・サブカルチャーの奔流』（大月書店）ほか。

保育園で友だちとケンカしたのぞみが、一人で土だんごを作っていると、前回出会った時よりも背が高くなったぞぞみちゃんが現れます。ぞぞみちゃんが「もうすぐ学校だから、あんたなんかより、ずーっとおねえちゃんだよ」と言うと、のぞみも負けずに、「あたしだって、こんど、おねえちゃんになるんだから！」と言い返します。お母さんのおなかが大きくて、もうすぐ赤ちゃんが生まれるのです。「赤ちゃんが大きくなったら、おままごとや、お人形さんごっこしてあそぶんだから」とのぞみが言うと、ぞぞみちゃんは、「赤ちゃん、お人形ごっこ、しないよ。だって男の子だから」そして、「赤ちゃんなんて、うるさいだけ…。それに、赤ちゃんが生まれたら、おかあさん、今までの半分になっちゃうんだからね」と意地悪を言います。

しばらくして赤ちゃんが生まれると、ぞぞみちゃんが言ったとおりに男の子で、お母さんは半分にはならなかったけれど、赤ちゃんにかかりきり。でも、やっぱり赤ちゃんはかわいいと、のぞみは思うのです。

田舎のおばあちゃんの家でカラスアゲハを捕まえそこねた後、アリの頭と胴と尻をちぎり取ったとき、「いけないんだ！ ウッハァに、いってやるから」とぞぞみちゃんの声。まるで意味不明のウッハァのバチが当たったかのように、のぞみは水ぼうそうにかかってしまいます。

のぞみとぞぞみちゃんの不思議なやり取りを通して、幼児期から学齢期へ、心身ともに著しくメタモルフォーゼする時期の、少女の気持ちを鮮やかに映し出した、通過儀礼的な幼年童話の傑作です。

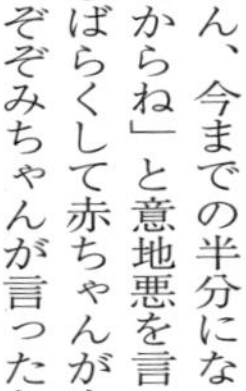

『のぞみとぞぞみちゃん』
ときありえ 作
橋本淳子 絵
初版 1988年
理論社刊

著者と話そう　竹中淑子《たけなかよしこ》さん根岸貴子《ねぎしたかこ》さんのまき

六月新刊『むかしむかし　あるところに　たのしい日本のむかしばなし』の著者で、子どもの本や図書館んの児童サービスについて研究し、講座を開催している「子どもの本研究所」の竹中淑子さん、根岸貴子さんにお話をうかがいました。

Q　子どもの本研究所の設立から今年で三十年とのこと、根岸さんと竹中さんおふたりで、立ち上げからずっと運営していらっしゃいます。おふたりの出会いを教えてください。

根岸　私は子どもの本の仕事がしたくて慶應義塾大学文学部図書館学科に入りました。一九六〇年代、同学科の渡辺茂男先生から児童サービスを学んだ学生たちが、子どもの本を読む自主的な勉強会を開いていました。会のメンバーは、毎週土曜日になると、都内の三つの家庭文庫（土屋滋子さんの入舟文庫、土屋文庫、石井桃子さんのかつら文庫）で、本を読んだり、子どもに本を読んでやったり、お話を語ったりしました。文庫は、学生たちにとって児童サービスの実習の場だったのです。

竹中　私は専攻が違ったのですが、渡辺先生にお願いして授業を聴講、勉強会にも参加させてもらいました。根岸さんとは、その勉強会で出会いました。卒業直前に、入舟文庫の「お姉さん」にもなりました。その頃には、松岡享子さんもご自宅に松の実文庫を開かれ、四つの家庭文庫の「お姉さん」たちを集めて、ストーリーテリングの勉強会を始められました。

根岸　私は調布市立図書館に勤めながら、松岡さんの勉強会にも参加していました。やがてその勉強会では、文庫の限界を越え、お役所の枠に縛られない、自由で実験的な、理想の児童図書館についても語りあうようになりました。そして一九七一年、「東京子ども図書館」設立のための準備委員会がスタートしたのです。

竹中　準備委員会では当初から「お話の講座」や、「えほんのせかい　こどものせかい」等の小冊子の発行などを行いました。児童書の出版や文庫活動が盛んになる時代の中で、この活動は熱気をもって受け入れられ、その反響の大きさには皆で驚いたものです。

根岸　二年間の準備期間を終えて、七四年に東京都の認可を受け、松岡さんを理事長として、正式に財団法人東京子ども図書館が発足しました。私は主に資料室の、竹中さんは出版の仕事をしながら、児童書を読んで選書し、子どもにお話を語り、また、初期のメンバーと共にお話の講座の講師などをして働きました。

九三年にふたりとも東京子ども図書館を辞めました。時間ができたので、日本の公共図書館や日本の児童文学についてきちんと勉強したいと思い、図書館の資料を借りて読み漁ったものです。そして、自分たちが経験したこと、学んだことを、子どもと本の現場で活動している人たちとも分かち合いたいと考え、翌年「子どもの本研究所」を設立し、小規模の講座を開いて

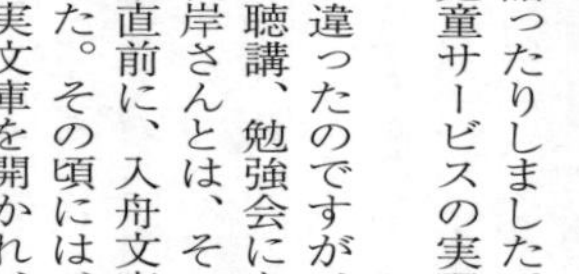

左:『むかしむかし　あるところに　たのしい日本のむかしばなし』堀川理万子絵（2024年6月刊）
右:『はじめての古事記　日本の神話』スズキコージ絵（2012年11月刊）

きました。

竹中　私たちは、児童図書館員は子どもの本を読んでいなければ仕事はできない、と思っています。そこでまず、児童室の基本図書になるような本を丁寧に読んで、素朴に感想を述べ合うという「子どもの本を知るセミナー」を開きました。「お話を語る」講座も最初の頃からずっと続けています。また、児童サービスの基礎を学ぶ講座、絵本について学ぶ講座など、いろいろなことをやってきましたが、今年度からこうした活動は縮小していく予定です。

Q　二〇一二年に徳間書店から刊行した『はじめての古事記』は、九刷まで版を重ね、現在約二万部発行しています。この本は、「小学校での読み聞かせに使える『古事記』がほしい」という現場の要望にこたえて生まれました。

50年以上児童サービスとむきあってきた竹中さん（左）と根岸さん（右）。

根岸　そうですね、神話の部分だけをやさしいお話にまとめたものですが、他の仕事をしながらだったので、十年以上かかりました。国文学者で歌人の岡野弘彦先生のご講義を聴講したり助言をいただいたりできたのは幸運でした。

Q　『むかしむかし　あるところに』も同じように生まれたのでしょうか？

竹中　私たちは、学生の頃から子どもたちにお話を語ることで昔話と関わってきました。創作のお話を語ることもあるのですが、子どもたちを惹きつける力は、断然昔話の方が強いのです。また長年講座を通して大勢の受講生の語る昔話を聞いてきました。聞けば聞くほど昔話は面白いというのが実感です。昔話こそ、お話（物語）の原点だと私たちは考えています。

　昔話は語られることでいちばんその魅力を発揮するのですが、語り手や読み手が身近にいない子どもたちにも昔話の面白さが伝わるような本があればと考えたのです。

根岸　日本の昔話は昔の日本人の暮らしや言葉と密接に結びついています。その昔話を今の子どもに差し出すには、伝承文学の特徴を守りながら、お話そのものの面白さを前面に出した再話が必要だと思いました。お話選びも低学年くらいを対象に、「ももたろう」「カチカチ山」などの五大昔話のほかに何を入れるか試行錯誤しました。また昔話は方言と切っても切れない関係にあるのですが、子どもが自分で読むことを考えて、あえて方言は使わないことにしました。耳で聞いてわかりやすいか、日本語のリズムを生かした文章になっているか、何度も声に出して確かめました。

Q　子どもと本の出会いの場として「図書館」が大切だという研究所のお考えについてお聞かせください。

竹中　今はあらゆる情報がネットで手に入る時代ですが、子どもが本の情報、とくに時代を越えて多くの子に受け入れられる、読みやすくて面白い物語の本について知る機会は少ないのです。図書館はすべての子どもに読書を強いるところではありません。でも本の世界を知り、子どもを知る児童図書館員たちは、常におすすめの本を展示したり、紹介したり、お話を聞かせたりして、「本の世界に子どもたちを招き入れる」ことに力を尽くしています。

　そのような場―公共図書館―を守ることこそ大人の責任ではないでしょうか。

私と子どもの本

第154回「母が愛した森の王国の物語」『かわせみのマルタン』

文：柳井《やない》 薫《かおる》
国際基督教大学卒業後、英米文学翻訳に努める。訳書に『ラッキーボトル号の冒険』（徳間書店刊）他。

寝る前に母に本を読んでもらうのが好きだった。

母は婦人服の職人で、うちの居間にはプロ用のミシンとアイロンとマネキンがあった。母には銀座の百貨店から注文が途切れず（一九七〇年頃、高級な服はオーダーするものだった）、マネキンにはつねに輸入生地のシャネル風スーツやウェディングドレスが（縫いかけで）着せられていた。夜はシンプルなロングドレスだったのに、朝起きて見たらスパンコールが波紋のようにたくさん付いていてビックリしたこともある。今思えば、母は徹夜していたのだ。

寝不足の母は、横になって私に本を読んでいると〝半眠り〟になり、「明日のご飯は…」などと変な寝言が始まる。私は母をゆすって起こし、「ちゃんと読んで」と厳しく催促した。

好きな絵本の文を丸暗記していた五歳くらいの私は、それをつぶやきつつ絵本を何度もめくったからか、平仮名は読めた。つまり短い絵本なら自分で読めたのだ。でも、仕事や家事の手をめったに休めない母を、寝る前だけは独占したかった。長い本なら母を長く独占できる。『かわせみのマルタン』は、当時私の持っていた本の中では長いほうだった。それに、『マルタン』なら、母は眠らなかった。

正直、当時の私にはむずかしい本だった。森の自然や生き物の描写が長く、主人公のマルタンがなかなか出てこない。しかし母は、ウナギやザリガニの話を「すごいね」と楽しんだ。「いい絵だねえ」と、音読を中断してイラストをながめることもあった。「これがわたしの王国です。というよりも、一羽の鳥がここの王さまになるまでは、わたしの王国だったのです」という独特の語り口も気に入っていたようだ。

「『わたし』ってだれ？」とたずねると、「この本を書いた人でしょ」と、母。

今回調べてみて、著者のリダはプラハ出身の女性で、障害児教育にたずさわった後、パリで「カストールおじさんの動物物語シリーズ」の多くを仏語で書いたと知った。絵のロジャンコフスキーは「バレエ・リュス」（二十世紀初頭のパリで人気だったバレエ団。作曲家ストラヴィンスキー、ダンサーのニジンスキーなど一流アーティストが集結した）にも関わった人。ピカソやダリとバレエの舞台美術の仕事をしたのかもしれない。

私が七歳になる前に弟が生まれた。病弱で何度も入院し、元気になると歩行器で駆けまわってマネキンを倒した。母はしかたなく百貨店の仕事をやめ、うちで仮縫いをする馴《な》染《じ》み客の服に専念した。第二子での離職はその頃もあった。

いっぽう、『マルタン』の森の世界を味わえるようになった私は、中学時代は短縮版ではない「シートン動物記」も読破。今も自然についての本は好きで、そうした本の翻訳や編集を依頼されると楽しんでいる。

赤ちゃん期を脱した弟は、「カストールシリーズ」の中では『りすのパナシ』が好きだった。母は『マルタン』が読みたいのに、「マルタンは死んじゃうからイヤ」といった。どの家にも、ものがわからないやつが一人はいるものだ（笑）。

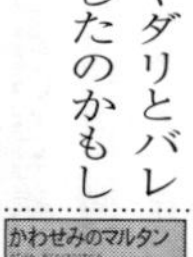

『かわせみのマルタン』リダ 文 ロジャンコフスキー 絵 いしいももこ・おおむらゆりこ 訳 福音館書店

上大崎発 読書案内

心のこわばりをほぐすには…

編集部おすすめの本をご紹介します。

『わたしの名前はオクトーバー』は、森で育った少女が、疎遠だった母と急に街で暮らすことになった日々の葛藤と成長を描いた物語です。

主人公のオクトーバーは、電気もガスもないロンドンの森の中で、父とふたりで暮らしています。畑で野菜を育てて主な食糧を得ていますが、完全に外界とのつながりを断っているわけではなく、自分たちで作れないものは、別途入手。たとえば乳製品は、近所（車でしばらくかかる）の酪農家に野菜と交換してもらい、服は年に一度ほど村に買い物へ。学校には行かず、勉強は父親の指導のもと、雲の名前を学んだり、森の地図を描いたり…。家には本もたくさんあります。オクトーバーは、そんな森での暮らしを愛しています。

母親は、オクトーバーが四歳のときに、森の生活に限界を感じて家を出ています。そのとき娘も連れていこうとしたものの、オクトーバーはついていきませんでした。四歳という年齢を考えると、森を離れたくないとか、父と一緒にいたいとか、明確な考えがあったかどうかは判断が難しいところですが、ともかく今のオクトーバーは、母を、野生の暮らしを捨てた人として憎んでおり、しょっちゅう届く母からの手紙も、いっさい読もうとしません。

ところが、十一歳の誕生日、オクトーバーは森の暮らしを切り上げざるを得なくなります。その日、誕生日だからと母が会いにきたのですが、顔を合わせたくない一心で、オクトーバーは、木の上へ。それを追いかけて自分も木に登った父は、枝が折れて転落し、腰の骨がくだける大けがをしてしまうのです。

こうしてオクトーバーは、ロンドンの母の家で暮らすことになります。ずっと避けてきた母と生活しなくてはならない状況に、いら立ちは募ります。また、父のケガのきっかけを作ったのは自分であるという事実も、重く心にのしかかります。加えて、学校にも通うことになり、大勢の子どもたちと同じ空間にいなくてはならない、慣れない生活、かわいがっていたフクロウのヒナを保護センターに預けさせられたこと…。オクトーバーは、常に心に怒りを抱えた状態で、町での生活を送り始めます。

そんなオクトーバーの心がほぐれていくきっかけとなるのは、自由研究で組むことになったクラスメートのユスフ。「ふざけてばかりの男子」のユスフのテンションに巻き込まれる形で、オクトーバーは、他者とのコミュニケーションを積みかさねるうち、自分を客観的に見つめ、成長していきます。それに伴い、母への態度も、少しずつ（本当に少しずつ少しずつ…！）軟化していくのです。

父とふたりきりの森での生活が、安心で心地よかったのは確かでしょう。でも、社会に出ることでオクトーバーが強くなっていく様子に、ほっとさせられます。

少女が母との関係を修復するための処方箋は、何か特別なものではなく、社会との関わりを持つことでした。一人称の語りから伝わる、ぶつけようのない怒りやいら立ちは、読んでいると苦しくなるほどですが、人と話をするというごくあたりまえの行為が救いとなる、心洗われる一冊です。

（編集部・田代）

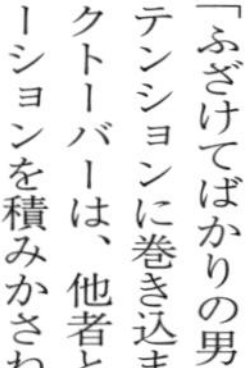

『わたしの名前はオクトーバー』
カチャ・ベーレン 作
こだまともこ 訳
2024年
評論社

徳間のゴホン！

第155回「上手に生きようとしなくていいよ」

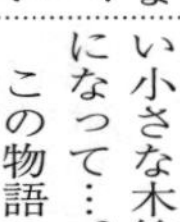

『おもちゃ屋のねこ』は、一匹のねこと不思議な木箱をめぐって、女の子とその周りの優しい人たちの交流を描いた、心あたたまる物語です。

　小学生四年生くらいのハティは、学校の帰りに大おじさんテオの経営する小さなおもちゃ屋さんに寄り、お母さんが仕事を終えて迎えにくるまでのあいだ、店を手伝っています。

　ある夏のお昼どき、ハティが店に着くと、一匹のねこがショーウィンドウのおもちゃの並ぶ棚の上で丸くなり、眠っていました。体の色は、深みのある茶色と黒。毛は、つやつやしています。目をさましたねこの目の色は、明るいあざやかな緑色で、ハティはすぐに、賢そうなねこだと思います。

　テオおじさんは店の入り口のドアに張り紙をしてねこの飼い主を探しましたが、飼い主は現れず、迷子のねこは店に居ついてしまいました。人の足のあいだをくるり、くるりとまわるので、ハティはそのねこに「クルリン」と名付けます。

　クルリンがやってきた日から、通りを歩く人たちが、店の前で足をとめてショーウィンドウにいるクルリンを見るようになり、店に入ってきたお客さんは、クルリンが転がして遊ぶ大きなビー玉やクルリンのそばにあるおもちゃをよく買ってくれるようになりました。

　一方で、あやしげな老夫婦が何度もお店を訪れるようになりました。女の人は晴れているのにレインコート、男の人は夏なのにオーバーコートを着ていて、店のおもちゃを長いあいだ見てまわり、結局何ひとつ買わないで帰っていくのです。また、店にはテオおじさんが見たことのない小さな木箱が次々に見つかるようになって…。

　この物語の魅力は、テオおじさんの店に幸運を運んできたクルリンと綺麗な木箱ですが、わたしが気に入っているのは、生きるのが少し下手だけれど心優しい大人たちが描かれていることです。テオおじさんは真面目に仕事をしていますが、おもちゃが買えない子どもには思わずタダであげてしまいそうになるお人好しで、店のおもちゃが売れなくてもあまり気になりません。あやしげな老夫婦も、事情がわかれば良い人たちなのですが、この夫婦が実際に社会にいたら、きっと変な人に見られてしまうでしょう。

　競争がはげしい現代の社会のなかにも、彼らのような大人たちはたくさんいますし、効率よくタスクをこなすことが求められる今の子どもたちにとって、生きるのが下手な優しい大人たちと本の中で出会えることは、小さな財産ではないでしょうか。

　人生が、この物語のようにうまく進むことはあまりないかもしれません。でも、生きるのが下手な人にも居場所がある、お互いを認め合える寛容な社会であってほしいと思います。今生きづらさを感じている子どもがいたら、上手に生きようとしなくていいよ、大丈夫、と伝えたいです。

　読者の子どもたちが、ありのままの自分を肯定し、安心して過ごせますように。

　ぜひ一度本を手にとってみてはいかがでしょうか。

（編集部　高尾）

『おもちゃ屋のねこ』
リンダ・ニューベリー 作
田中薫子 訳
くらはしれい 絵

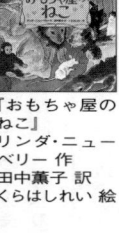

編集部のこぼれ話

○月×日

今年はボローニャ児童図書展へ、いとうひろしさんがいらっしゃいました。この二年ほどの間に、『ごきげんなすてご』の英語版とドイツ語版が出版され、話題になっているので、それぞれの版元を招いて『ごきげんなすてごディナー』を催しました。子どもの本の話だけでなく、キリスト教美術や仏教美術の話などでも盛り上がり（通訳担当は大汗をかきましたが！）楽しい晩になりました。

フェア会場でのいとうさんと、ドイツの出版社の方（右）。

いとうさんが絵入りのサインをされた「ごきげんなすてご特製布バッグ」のお土産も、カワイイ！ 使うのもったいないから額に入れて飾る！ と大好評でした。

イラスト入りのサイン。

○月×日

第71回産経児童出版文化賞贈賞式が行われました。『図書館がくれた宝物』（ケイト・アルバス作）が翻訳作品賞を受賞、翻訳者の櫛田理絵さんと担当編集が登壇し、賞状を受け取りました。

出席された佳子内親王殿下からは、「非常に困難な状況で、悲しいことが多い中、本を読むことが三人を支え、図書館の司書と交流し絆が育まれていく様子が心に響きました」というご感想をうかがいました。

櫛田さん、受賞おめでとうございます！

○月×日

『図書館がくれた宝物』は青少年読書感想文全国コンクール課題図書（小学校高学年の部）に選ばれています。ぜひご覧ください。

○月×日

「君たちはどう生きるか展 レイアウト編」に行ってきました。映画の詳細な設計図であるレイアウト。何度も修正された線や、メモ書きが残る展示に、制作現場の片隅にいるような錯覚も覚え、高揚しました！

●君たちはどう生きるか展レイアウト編 開催中～十一月（予定）

三鷹の森ジブリ美術館（東京）

アニメ絵本も好評発売中！

■村上康成の世界展開催！

絵本『ピンク、ぺっこん』や児童文学『黄色い竜』の作者、村上康成さんの原画展が開催中です。ぜひお運びください。

「村上康成の世界展 うみ・やま・かわに抱かれて―絵本作家のワイルド・ライフ・アート―」

●佐野美術館（静岡県）

開催中～八月四日（日）

■三十周年しおり配布中です。

徳間書店の児童書創刊から今年で三十周年。それを記念して、既刊のイラストを使用したしおりを書店さんで配布しています。七月は『ピンクぺっこん』八月は『ごきげんなすてご』。書店で見つからなかったという方は、左記アドレスへお申し込みください。

tkchild@shoten.tokuma.com

メールマガジン配信中！

ご希望の方は、左記アドレスへ空メールを！（件名「メールマガジン希望」）

→tkchild@shoten.tokuma.com

児童書編集部のX（旧ツイッター）！

Xでは、新刊やイベント、noteの投稿告知など、さまざまな情報をお知らせしています。

→@TokumaChildren

児童書編集部のインスタグラム！

インスタグラムでは、新刊情報をお知らせしています。

→http://www.instagram.com/tokuma_kodomonohon/

絵本７月新刊

うみの まもの

７月刊　絵本

まえだじろう作・絵
３１cm／３２ページ
５歳から
定価一八七〇円（税込）

「うみには、まものがいるんだよ。えものをとりすぎると、あらわれるからね。よくばったらいけないよ」

　男の子は、ばんごはんのえものをとりに、海に出ました。大きなうつぼをつかまえた！　でも、もっと大きなえものはいないかな？　大きないかをつかまえた！　まものなんかあらわれないし、もっとえものをとりたいな…。

　少年がえものをとると、そこには、ぽっかり白いあな。とればとるほど、あながあき、あながいくつも組み合わさると、あれれ、大きな顔があらわれた？

　作者は、関野吉晴の「海のグレートジャーニー」に同行、漂海民のバジョの暮らしぶりやインドネシアのマンダールに伝わる魔物の話、サンゴ礁で引き潮にあい、船をこげなくなった体験などをもとにこの絵本をつくりあげました。ちょっとこわくてドキドキする、読み聞かせにぴったりの絵本です。

気のつよいちいさな女とわるいかいぞくのはなし

７月刊　絵本

ジョイ・カウリー文
当麻ゆか訳
佐竹美保絵
１９cm／３４ページ
５歳から
定価一七六〇円（税込）

　さん橋の先の小さな家に、気のつよい小さな女の人が住んでいました。くつ下をあんだり、さかなをつったり、バグパイプをふいたりして、ひとりきりで、とても楽しくくらしていたのです。

　ところがある嵐の日に、窓やドアをたたく者がありました。

「おれはわるいかいぞくだ。中に入れろ！」

「おことわりよ！　とっととい なくなったほうが身のためよ」

「気のつよい」対「わるい」の言い合いはどんどん激しくなっていき…？

　海が大好きだというニュージーランドの人気作家ジョイ・カウリーのお話が、『アーヤと魔女』の佐竹美保の絵で、美しい絵本になりました。お天気によって色の変わる広々とした海と空を背景に描かれる、「ひとりきり」の二人の出会いが胸にしみる、心に残る絵本です。

絵本７月新刊

カブトムシみっけ！

７月刊

絵本

つのがあって、かっこいいカブトムシ。いつ、どこに行けば、会えるかな？　どうやってさがせばいいんだろう？

カブトムシが見られるのは、六月から八月にかけて。人の住む場所に近い、雑木林に生息し、夜、活動します。

まずは昼間、雑木林に行って、カブトムシの集まりそうな木を見つけておきます。

カブトムシが好むのは、コナラやクヌギの木の樹液。クヌギやコナラをさがす手がかりとなる葉や幹の特徴や、樹液の出ている木のさがし方を、ていねいに紹介。その他、カブトムシのけんかや交尾、幼虫が育つようすなども、たくさんの写真とともにわかりやすく説明します。

カブトムシを見つけるためのコツを、子どもの目線で、具体的に紹介。自然観察のための写真絵本。

里中正紀構成・文
Ｂ５判横
３２ページ
５歳から
定価一八七〇円（税込）

好評既刊、夏休みにおすすめの本

ひがたは　たからばこ
青いカニみつけた

海べの水がひくと、広いどろの地面があらわれる。「ひがた」だ。どろばかりに見えるけど、たくさんの小さないきものに会える、たからばこのような場所だ。シオマネキや、ミナミコメツキガニ、コメツキガニ…。四十年以上海の生き物を撮り続けてきた海洋写真家が、西表《いりおもて》の干潟の小さな世界に見つけた大自然の営みを紹介します。自然への興味をはぐくむ写真絵本。

よしのゆうすけ写真・文／Ｂ５判横／３２ページ／５歳から／定価一八七〇円（税込）

ため池の外来生物
がわかる本

池の水をぬいて、ゴミや外来生物をとりのぞく「かいぼり」。外来生物というのは、どんな生きものなのでしょう？　外来生物は悪者なのでしょうか？

前半では、ため池の歴史や、かいぼりについて詳しく紹介。後半は、かいぼりで実際に見つかった外来生物を取り上げ、たくさんの写真とイラストでわかりやすく解説しています。外来生物をきちんと理解できる一冊。

加藤英明文／３１㎝／４８ページ／小学校中学年から／定価一五四〇円（税込）

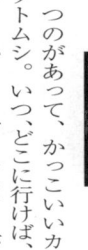

絵本8月新刊

ムーミンのめくってあそぼう！100のことば

8月刊　絵本

トーベ&ラルス・ヤンソン原作
当麻ゆか訳
26㎝／14ページ　一歳から
定価一八七〇円（税込）

ムーミントロールとなかまたちと一緒に、しかけをめくりながら、100のことばをおぼえましょう！

そとからうちへはいるところにあるのは、とびら。かべには、まどがあります。

うちの中には、なにがある？テーブルやいす、とだな、ゆかにはしきもの。

ごはんのじかんに、テーブルの上にあるものは？

くだものに、コップ、ナイフやフォーク。ケーキのしかけをめくると、つまみぐいをしている、ちびのミイがいた！

そとあそび、そらにはくもがうかんでいます。チョウチョウもいます。

テントのまくをめくると、中にいたのはスナフキン！

しげみのかげで、ムーミントロールがあいさつをしているのは、リス！

うみべにあるのは…？

しかけをめくって、楽しく遊びながら、いろいろなことばを覚えられる絵本です。

■好評既刊　読書感想文におすすめの本

なまけものの王さまと
かしこい王女のお話

ナニモセン五世は、とてもなまけものの王さま。毎日ごちそうを食べて寝てばかりいるうちに、病気になってしまいました。国中の医者も病気を治せません。そこで娘の王女ピンピは、病気を治せる人を探しに森へと出かけ、かしこい羊飼いたちに出会いました。みんなで考えた「病気を治す作戦」とは…？

ミラ・ローベ作／ズージ・ヴァイゲル絵／佐々木田鶴子訳／B6判／136ページ／小学校低中学年から／定価一四三〇円（税込）

やまの動物病院②
とらまる、山へいく

まちの動物病院で飼われている、ねこのとらまるは、夜になると、「やまの動物病院」を開いて、山の動物たちの病気やけがを治してします。ある晩、とらまるは、ウサギのおばさんから、山へ往診に来てほしいとたのまれました。さっそく山へむかってみると…？　オールカラーのさし絵がたっぷり入った、いろんな動物が登場する楽しい幼年童話です。

なかがわちひろ作・絵／A5判／64ページ／小学校低中学年から／定価一八七〇円（税込）

児童文学8月新刊

犬を飼ったら、大さわぎ①　トイプードルのプリンセス

8月刊　文学

表紙イメージ

わたしはロージー。5年生のメキシコ系のアメリカ人。うるさい兄が4人いる。だからわたしは、味方になってくれるプリンセスみたいなおしとやかなトイプードルが飼いたくてたまらなかった。

夏休みが終わったころ、兄のアニーと、飼いたい犬のことでけんかをした。それがきっかけになって、きょうだいで公平な勝負をして、一番になった者が飼う犬種を選ぶことになった。

わたしは勝負に勝って、大好きなトイプードルが飼えることに！

でも、家にやってきたのは、毛並みがぼさぼさで、どろ遊びが大好きな子犬だった。こんなはずじゃなかったのに…？

少しずつ、やんちゃな子犬を受け入れていくロージー一家を描く、楽しくて心あたたまる物語。

トゥーイ・T・サザーランド作
相良倫子訳
B6判／232ページ
小学校中高学年から
定価一六五〇円（税込）

好評既刊　読書感想文におすすめの本

おじいちゃんとの最後の旅

おじいちゃんは今、入院している。おじいちゃんは、きたない言葉ばかり使うけれど、ぼくは好き。ある日おじいちゃんから、死ぬ前に一度、おばあちゃんと暮らしていた家に戻りたいと頼まれたぼくは、カンペキな計画を立てた…。切ない現実をユーモアを交えて巧みに描く、感動の物語。

ウルフ・スタルク作／キティ・クローザー絵／菱木晃子訳／B6判／168ページ／小学校中高学年から／定価一八七〇円（税込）

図書館がくれた宝物

課題図書

第二次世界大戦下のロンドン。ウィリアム、エドマンド、アンナのきょうだいは、親代わりだった祖母を亡くし、三人きりになってしまった。そこで、弁護士の提案で、田舎に学童疎開することに。ロンドンより安全だし、ひょっとしたら「親」になってくれる人が見つかるかもしれない…。本好きなきょうだいの心あたたまる物語。

ケイト・アルバス作／櫛田理絵訳／B6判／384ページ／小学校高学年から／定価二〇九〇円（税込）

◆読者のみなさまへ◆
「子どもの本だより」を定期購読しませんか？

徳間書店の児童書をご愛読いただきありがとうございます。編集部では「子どもの本だより」の定期購読を受けつけています。お申し込みされますと二カ月に一度「子どもの本だより」をお送りする他、絵本から場面をとった絵葉書（非売品）などもお届けします。ご希望の方は、八百円（送料を含む一年分の定期購読料）を郵便振替（加入者名・㈱徳間書店／口座番号・００１３０・３・１１０６６５番）でお振り込みください（尚、郵便振替手数料は皆様のご負担となりますので、ご了承ください）。

ご入金を確認後、一、二カ月以内に第一回目を、その後隔月で「子どもの本だより」（全部で六回）をお届けします（お申し込みの時期により、多少、お待ちいただく場合があります）。

また、皆様からいただくご意見や、ご感想は、著者や訳者の方々も、たいへん楽しみにしていらっしゃいます。どうぞ、編集部までお寄せ下さいませ。

読者からのおたより

●このコーナーでは編集部にお寄せいただいたお手紙や、愛読者カードの中からいくつかを、ご紹介しています。

●絵本『かっぱのかっぺいと　おおきなきゅうり』

絵本に出てくるワニさんやきょうりゅうの大きさにびっくり！読み聞かせする時の、子どもたちのわくわくしたかわいい顔が目に浮かんできます。

ユーチューブを見て育っていく子どもたち…、絵本の世界の楽しさを味わってもらいたいです。

（島根県・和田よしみさん）

●絵本『ようちえんにいきたいな』

主人公がアヒルの子で、小さい子に親しみやすく、温かい空気が伝わってきました。読んだ子どもが、想像力を働かせることによって、現実に向き合うきっかけになる絵本だと思いました。

（静岡県・O・Iさん）

●絵本『アンダーアース・アンダーウォーター　地中・水中図絵』

本が大きくて存在感があり、手に取りやすく、内容も興味深かったです。特に、海の中を興味津々に見ました。

（広島県・A・Tさん）

●絵本「おたすけこびと」シリーズ

「おたすけこびと」シリーズを全巻購入しましたが、いつ読んでも新しい発見（こびとさんの動き、髪型など）があるようで、子どもが見つけてはゲラゲラ笑っています。おかげで、毎晩の就寝前の読み聞かせが楽しくて、幸せです。

（広島県・A・Sさん）

●児童文学『ぼくの弱虫をなおすには』

五年生に進級するのがこわいゲイブリエルが、フリータと、こわいものリストを作って、こわいものを克服していくところがおもしろかった。

（千葉県・Y・Mさん・十一歳）

●アニメ絵本『君たちはどう生きるか』

色彩がとても優しく、リラックスして読めました。とても丁寧に作られていて感動し、安らぎました。宮崎駿さんは、どんな気持ちを伝えたいのか…人間と自然のありよう、命の基本は何なのか…。すばらしいファンタジー作品に引き込まれ、だれもが読むべきと思いました。

（静岡県・I・Kさん）

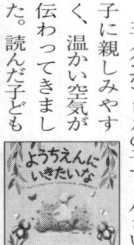

宿題は、「町や社会は、どうしたらもっとよくなるか」を考え、どうしてそう思うのかを書いてくることだった。

わたしは、公園やビーチで清掃《せいそう》活動をすることを思いついた。近所のすてきな公園にも、ゴミがたくさん落ちている。みんなで力を合わせてゴミ拾いをしたら、この町は「もっとよくなる」はずだ。そう作文に書いたあと、もうひとついい考えが思いうかんで、ふたつ目の作文にとりかかった。古着を寄付《きふ》してもらって、それをつくろったりリメイクしたりして、ほしい人に売るというアイデアだ。穴《あな》があいていたらふさぎ、古いコートに新しいボタンをとりつけ、ズボンやワンピースやスカートをワッペンやスパンコールでかざる。ママに話したら、ママのお店を使ってもいいよといってくれた。

アップルバウム先生もこのアイデアを気に入り、今年じゅうに実現《じつげん》しましょう、といって、「ビッグリスト」に書きこんでくれた。ビッグリストというのは、教室の前の掲示板《けいじばん》にはってある大きい紙で、みんなのすてきなアイデアがたくさん書いてあって、いつでもだれでも見られるようになっている。たとえば地球にやさしい暮《く》らしをするために、リサイクルをするとか電球をＬＥＤ《エルイーディー》に変《か》えるとか車を使わないで自転車に乗ったり歩いたりするとか、そんなことが書いてあるんだ。町に木や花を植えるというアイデアもあった。うちの町は、じゅうぶん緑が多い気もするけどね。当番をきめて地元の動物保護施設《ほごしせつ》「シッポとオヒゲ」の手伝《てつだ》いをする、なんて意見もあった。

ミシェルは、*ベイクセールをしてアフリカの親戚《しんせき》にヤギを贈《おく》ることを思いついた。去年ケニヤに行ったときの写真を持ってきてみんなに見せ、クラスじゅうがもりあがった。ミシェルのおばあちゃんのにこにこ顔と、うしろにうつった小さな二ひきのヤギにみんな目をうばわれた。全員が、ベイクセールを最初《さいしょ》にやることに賛成《さんせい》した。

アップルバウム先生は、「グローバルな責任《せきにん》」がどうのこうのと熱《あつ》く語り、わたしたちの小さな行動が、遠くはなれた国の人たちに大きな影響《えいきょう》をあたえるといった。わたしたちの善意《ぜんい》で学校に通える子が増《ふ》えるんだって。でも、ケニヤの子どもたちはよろこぶのかな。アメリカのみなさん、ありがためいわくです、って思ったりしないのかな。

そして今週の金曜日、いよいよベイクセールがおこなわれる。お昼休みにテーブルを出してお菓子《かし》を売るんだ。子どもたちをむかえにくるおとなたちにも買ってもらいたいから、放課後《ほうかご》にもやることにした。わたしは、前の日の木曜日の夜にパパとペパーミントメレンゲクッキーをつくる約束《やくそく》をしていた。楽しみでたまらない。ベイクセールには、ブラウニーやチョコチップクッキーをつくってくる子ばかりだから、わたしのクッキーは、きっと飛《と》ぶように売れるね！

ベイクセールにむけて、算数の授業《じゅぎょう》では、会計の練習をした。店員役とお客さん役に分かれて、お客さんが二十五セントのクッキーを二枚《まい》買って五ドル紙幣《しへい》でしはらったら、いくらおつりをわたさなくちゃいけないかとか、そういう練習だ。椅子《いす》にすわってノートにもくもくと数字を書く授業《じゅぎょう》よりも、ずっと楽しかった。わたしもお客さん役をなんどかやった。パパのまねをして、ものすごくまようふりをしたり、七回も買うものを変《か》えたりしたら、みんな、けっこうおもしろがってくれた。

わたしは休み時間が来るたびにボタンを思いだし、思いだせば思いだすほど家に帰るのが待ちどおしくなった。きのうは、うちに来たばかりだったから、興奮《こうふん》しすぎた

＊手づくりのお菓子《かし》を売って、あつめたお金を寄付《きふ》すること

だけだろう。きょうは、すっかり落ちついているにちがいない。足はもちろんきれいなままで、わたしが帰宅《きたく》したら、ひざに飛《と》びのってきて、おとなしく体を丸めるはずだ。そしたら、ピッパとミシェルといっしょに、かわいい服を着せるんだ。ふたりが、まるで天使みたいだね、って見とれている場面が目にうかぶ。きっと、なにもかもがうまくいくはずだ。

……そんなふうに思っていたわたしは、なんてばかだったんだろう。

8

放課後《ほうかご》、ママが車でむかえにきたときには雨がふっていた。ボタンが乗っていなくてがっかりしたけれど、ママが「きのう車のなかで起きたことをおぼえてる？」といったので、連《つ》れてこなくて正解《せいかい》だったと思いなおした。

わたしとミシェルとピッパは、リュックを頭にかざして車に飛《と》びのった。

わたしは、ママにいった。

「ダニーおにいちゃんは、パーカーの家に遊びにいくって。『毛糸玉みたいな犬じゃなくて、ホンモノの犬と遊びたいから』だって。ほんとにそういったんだよ」

ママは、あきれたように目をぐるりと回した。わたしが、しょっちゅうそうやっておにいちゃんのことをいいつけるからだ。

「そう」ママはそれだけいって、フロントガラス越《ご》しにダニーに手をふった。

ダニーは手をふりかえし、トロイとパーカーとエリックといっしょに、トロイの車に乗りこんだ。ダニーの友だちはみんな、ダニーよりかはおとなしくてやさしい。あのうちのだれかが、おにいちゃんだったらまだマシだったのに。

わたしのクラスの女子のほとんどは、パーカーに夢中《むちゅう》だ。「かわいくて、頭がよくて、やさしくて、かっこよくて、史上最高《しじょうさいこう》の男子」なんだって。だけどわたしはうちに遊びに来たときのパーカーを知っている。ゲーム中にどなったり、ストロベリーアイスをシャツにこぼしたりするんだよ。だから、わたしにいわせれば、パーカーも、どこにでもいるうるさくてだらしない男子だ。

ダニーにはぜったいにないしょだけど、わたしの推《お》しはエリックだ。エリックは、うちに来てもわりとおとなしい。そういう男子はめったにいないから、見つけたらつかまえなくちゃ。といっても、まだ男子にそこまで興味《きょうみ》はないし、男子の相手をするほど、ひまでもない。だからエリックとつきあうのは高校生になってから。そのころには、エリックもわたしを「ダニーのめんどうくさい妹」とは思わなくなっているはずだ。どうかずっとおぎょうぎのいいエリックでいてくれますように。おばかなふつうの男子にならないよう、目を光らせておかなくちゃ。

家に帰ると、オリバーがいた。高校のほうが小学校より三十分くらい早く終わるから、いつも一番先にオリバーが帰ってくる。とくに新年度に入ってからは、寄《よ》り道もしないで帰ってきて、大学受験《じゅけん》の準備《じゅんび》をせっせとしていた。じゅうぶん頭がいいから心配いらないはずなのに、ものすごく神経質《しんけいしつ》になっているんだ。

オリバーは、リビングのカーペットにあおむけになって、ボタンと遊んでいた。ボタンが体にはいあがるたびに体をひねって、わざとふりおとす。ボタンがしっぽをはげしくふりながら、「クォーン、クォーン」とほえるのを見て、オリバーは大笑《おおわら》いしていた。あの、まじめを絵にかいたようなおにいちゃんが……信《しん》じられない。

しかも、わたしとピッパとミシェルがリビングに入っていっても、はずかしがりもしないで、のんびりと起きあがった。ボタンが、全速力でかけてきて、わたしの足にからみつき、靴《くつ》ひもをかじる。

「わあ、かわいい！」ピッパは、カーペットの上にぺたんとすわると、ボタンに手をのばし、においをかがせた。

ミシェルは、右肩《みぎかた》にかかった髪《かみ》のスカーフを左肩《ひだりかた》に回しながらいった。

「へえ。信《しん》じられないくらい小さいね」

「でしょ」わたしは、ボタンをだきあげた。ふわふわの毛糸玉のようなさわり心地だ。

「わたしの部屋に行こうよ。どのお人形の服がボタンににあうかな」

「ちょっと待て、ロージー」オリバーが顔をしかめる。

「ボタンは、ぜったい気に入ってくれるよ！　ぜったいにかわいいって！」わたしは、そういうとオリバーがまたなにかいう前に階段《かいだん》をのぼっていった。おにいちゃんったら、おしゃれのことなんか、なんにも知らないくせに！

ピッパとミシェルを部屋に入れ、すぐにドアをしめる。おにいちゃんたちにじゃまさせるもんか。

ピッパは、ボタンのベッドの白いもふもふとラインストーンをなでながらいった。

「わあ、すてきだね」

ミシェルが床《ゆか》にすわると、ボタンは待ってましたとばかりに髪《かみ》の毛のスカーフにかみついて引っぱった。

「あっ！」ミシェルが、髪《かみ》をおさえる。

でも、おそかった。あおむけにたおれたボタンの上に、スカーフがおおいかぶさる。オレンジ色のスカーフの下で、小さなかたまりがもぞもぞと動き、ウーウーとうなった。

わたしは、チェストの引き出しから、色合いのちがうピンク色のリボンを五本、引っぱりだした。それから、ボタンと同じくらいの大きさの人形をふたつ選《えら》んで、服をぬがせた。レースの袖《そで》がついているピンクのワンピースは、ぜったいにボタンににあう。

ピッパが、ミシェルの右どなりにすわり、わたしは、左どなりにすわってボタンにかぶさったスカーフをつまみあげた。ボタンが、おどろいてはねおき、わたしたちを見て目をぱちくりさせる。えっ！　みんなどこからあらわれたの？　といっているみたいだ。

わたしは、一番キラキラのリボンを手にとって、ボタンにいった。

「ほら、見てごらん。すてきでしょ?」

だけどボタンは、すてきだと思わなかったみたいだ。おいしそうだとでも思ったのか、リボンのはしっこにかみついた。わたしは、ミシェルとピッパにボタンをおさえてもらって、ちぎれないよう気をつけながら小さな口からリボンをうばいかえした。それから、ボタンの頭の毛をすくいとり、リボンを巻《ま》きつけた。最後《さいご》にピッパにリボン結《むす》びをしてもらうと、小さなかわいいポニーテールができた。

そのあいだ、ボタンはなんども首をひねって、なにをされているのか見ようとした。わたしは、ボタンが口で引っぱらないように、リボンのはしっこを結《むす》び目《め》に入れこんだ。つぎに、レース袖《そで》のワンピースを手にとる。ボタンの前足をレースの袖《そで》に通し、背中《せなか》でワンピースのマジックテープをとめると、思ったとおりぴったりだった。かわいいピンクのプリンセスのできあがりだ。

「カンペキ!」わたしはいった。

でも、こまったことがひとつだけあった。ボタンがじっとしてくれなくて写真がうまくとれないのだ。ミシェルがだっこしてくれたけれど、ボタンは足をふりまわしたり体をよじったりしてレースの袖《そで》にかみつこうとした。けっきょく、ピンクと白のなんだかわからないピンボケ写真しかとれなかった。

ピッパが心配そうにいった。

「服を着るのがいやなんじゃないかな」

そのときノックの音が聞こえて、ドアがひらいた。ボタンが、いちだんとはげしくあばれて、ミシェルの腕《うで》から飛《と》びおりた。ドアのすきまからママが顔をのぞかせると、ボタンはママの足もとをすりぬけて階段《かいだん》をおりていった。

ママの口がぽかんとあいた。

「ボタンになにをしたの？」

「べつに！　かわいくしただけだよ！」

つぎの瞬間《しゅんかん》、一階からミゲルの大声がひびいてきた。

「かあさーん！　へんなのがリビングを走りまわってて、ちょーはずかしいんだけど！」

ゲラゲラと笑《わら》う男の子の声もした。ミゲルの友だちだ。ボタンが、走りながら

「キャンキャン」とほえている。

　こんどは、カルロスの声が聞こえた。

「ひどい！　ロージーは、ボタンになんてことをしたんだ」

　つぎに、ドサッと本が床《ゆか》に落ちたような音。わたしたちは、いそいでリビングにかけおりた。

　ボタンは、オオカミにでも追いかけられているみたいに走りまわっていた。一本脚《あし》のコーヒーテーブルにぶつかって、上にあったものをぜんぶ落としたことにも気づいていないようだ。リボンはたれさがって目にかかり、袖《そで》のレースは爪《つめ》に引っかかってやぶけ、半分たれている。おまけにレースが右の前足にからまっているせいで、へんな走り方をしていた。鳴き声が、ますます大きく、はげしく、必死《ひっし》になっていく。

　ミゲルとミゲルの友だちふたりは、ボタンがぶつかってこないようひざをかかえてソファにすわっていた。あんまり笑《わら》いすぎて、声も出ないようだ。カルロスはキッチンのドアの前で腕《うで》を組みながら、あっけにとられて立っていた。

「ボタン！　やめて！　おすわり！　いい子にして！」わたしは、声のかぎりにさけんだ。

「いいかげんにしなさい」ママはわたしたちにいうと、ソファのまわりを走るボタンをさっとだきあげた。そして、シャツにもぐりこもうとするボタンから、リボンをすばやくほどくと、爪《つめ》に引っかかったレースをとりはずし、ワンピースをぬがせた。

ボタンは、しっぽをパタパタとふり、首をのばして、まるでとけたソフトクリームがついているみたいにママのあごをぺろぺろとなめた。

ママは、なだめるような声でいった。

「もうだいじょうぶよ、ボタン。もうだいじょうぶ。いい子ね」

「ぜんぜんいい子じゃないよ！　お人形のワンピースがやぶけちゃったじゃない！　せっかくむすんだリボンもとっちゃうし！」

すると、カルロスが口をはさんだ。

「ばかなことをするなよ、ロージー。いくらなんでもボタンがかわいそうだ」

「ロージー、ママの部屋に来なさい。ちょっとお話ししましょう。ピッパ、ミシェル。キッチンにぶどうとチーズとクラッカーがあるから食べてて」

「ありがとうございまーす」ミシェルはそういうと、ピッパといっしょにキッチンへ入っていった。

わたしは、ママのあとについて、とぼとぼと二階にあがった。部屋に入ると、ママは床《ゆか》にすわってボタンをはなした。ボタンは、ふかふかのカーペットに鼻をうずめながら歩きだした。しばらくすると止まって、前足でシャカシャカとカーペットをほりはじめる。顔の毛が、ボサボサになっていた。

「かわい子《チ》ちゃ《キ》ん《ー》、《タ》もう二度とボタンに服を着せないこと」

「どうして?」涙《なみだ》がこぼれた。泣《な》くのはいやだったけど、くやしくてどうしようもなかった。

ボタンは、わたしの理想の犬じゃなきゃいけないのに。わたしの理想の犬は、かわいい服やリボンが好《す》きじゃなきゃいけないのに。それなのに、どろんこになるのが好《す》きだなんて!

ママは、わたしの髪《かみ》をうしろになでつけながらいった。

「ボタンは、お人形じゃないのよ。いやがることをやるのはよくないわ。ロージーは、着たくない服をむりやり着せられたらどう思う？」

「あんなかわいいピンクのワンピースだったら、よろこんで着るもん！」涙《なみだ》がつぎからつぎへとあふれでる。

「ボタンは、おしゃれに興味《きょうみ》はないんじゃないかしら。だって犬だもの。子犬らしくロージーと楽しく遊べたら、それだけでうれしいんじゃない？」

「もうむりだよ。きらわれちゃったもん」

「まさか！　ボタンはロージーのことが大好《だいす》きよ。ほら、これをあげなさい。すぐにゆるしてくれるわよ」ママは、ポケットから犬のおやつをとりだし、わたしの手にのせた。

ボタンは、すぐに気づいてぱっと起きあがり、小さな黒い鼻をひくひくさせた。おやつをさしだすと、ボタンは飛《と》びつき、あっという間に飲みこんだ。それから小さなピンク色の舌《した》で、わたしの手についたかすをきれいになめとった。耳のうしろをやさしくかいてやったら、ボタンはまた笑《わら》っているような顔をした。

「ひょっとして、そんなにいやじゃなかったのかも」わたしがあきらめきれずにいうと、ママはきっぱりといった。

「だめよ、ロージー。服を着せるのは禁止《きんし》」

わたしは、涙《なみだ》を引っこめた。どうして、思いどおりにいかないんだろう？　勝負に勝って、せっかくほしい犬が手に入ったのに、なんだかびりっけつになった気分だった。

9

リビングにもどっても、ピッパとミシェルはわたしになにもたずねなかった。ミシェルは、大の質問《しつもん》好《ず》きなのに。ふたりとも、わたしがママにしかられたとわかって、気をつかってくれたんだと思う。

おやつを食べおえると、ママがいった。

「ボタンに『おいで』を教えましょう！」

ミゲルと友だちは、宿題をするといって部屋へ行ったみたいだ。でも宿題なんてそっちのけで女の子の話でもりあがっているんじゃないかな。どっちにしても、顔を合わせずにすんでよかった。

わたしたちは、それぞれ犬のおやつをたっぷり持って、リビングの四隅《よすみ》に散《ち》らばり、床《ゆか》にすわった。準備《じゅんび》がととのうまで、ボタンはわたしがひざの上でだっこしていた。しっぽをふりながらわたしの手をなめているところを見ると、もうおこってなさそうだ。

でも、わたしはボタンのことをまだゆるしていなかった。

ママが、両手を広げてボタンをよんだ。

「おいで！　ボタン、おいで！」

ボタンがひざの上からおり、ハアハアと息をしながらわたしを見あげる。

「ほら、あっちだよ！」わたしは、ママを指さした。

ママは、ポケットからおやつをとりだして、もう一度よんだ。

「ボタン！」

ボタンはおやつを目にしたとたん、全速力で走っていって、ママの手に飛《と》びついた。

ママは、おやつをかじるボタンをなでながらうれしそうにいった。

「いい子ね、ボタン！　つぎは、ピッパ。やってごらんなさい」

「ボタン！」と、ピッパ。

ボタンが、耳をピンと立て、声のほうに首をかしげる。

ピッパは、もう一度よんだ。

「ボタン！」

ボタンは、一歩だけ前に足を出し、一瞬《いっしゅん》ためらうようなそぶりを見せたけれど、
ピッパがおやつを見せると、いきおいよくかけだした。あんまりいそいだせいで足がからまって転び、でんぐりがえってピッパのひざの上に着地してしまった。

ピッパは、ボタンをやさしくなでていった。

「わあ、いい子ね、ボタン」

ボタンは、ミシェルのところにも、おやつを見せられてからしか行かなかった。でも、わたしのときは、よんだだけで来た。足もとでぴょんぴょん飛《と》びはねるボタンは、毛糸玉がはずんでいるみたいだった。

「いい子だね！　ボタン、いい子！」わたしもボタンにおやつをあげた。

これを十分ほどつづけると、だれがよんでも、どんな順番《じゅんばん》でよんでも、ボタンは来るようになった。おやつをあげるのを一回おきにしてもちゃんと来て、ほめるたび

に大よろこびした。

「ほんとうにかしこい子ねえ」ママが、カーペットの上であおむけになったボタンのおなかをなでる。

「それはどうかな」ふいに声が聞こえた。いつから見ていたのか知らないけれど、リビングの戸口にカルロスが立っていた。「犬というのは、おやつを持っている人のところへ行くものさ。じぶんの名前がわかっているわけじゃない」

「じゃあ、あなたもやってみたら？」と、ママ。

「でも、元気な声でよんでよ。会えてうれしいって気持ちで」わたしはいった。

カルロスは、あきれたように目をぐるりと回し、ぶっきらぼうにいった。

「ボタン。おーい、ボタン」

ボタンが、ぴょんと起きあがりカルロスを見る。耳がぴくっと動いた。

カルロスはおどろいた顔をして、こんどはもうすこし気持ちのこもった声でよび、しゃがんで腕《うで》をのばした。

「ボタン、おいで！」

ボタンは、足をもつれさせながら全速力で走っていくと、前足でカルロスの手にしがみつき、ぺろぺろとなめた。

「すごい。じぶんの名前がわかるのか！」と、カルロス。

「もちろんよ」ママが、得意気《とくいげ》にいう。

つづいてカルロスは、てのひらをボタンの鼻の上にかざした。

「ボタン、おすわり」

ボタンが、カルロスの手に飛《と》びつこうとする。だけどおにいちゃんは、とどかないようその手をさっと上にあげ、それからまたおろすとボタンの鼻の上からうしろにむかって水平に動かした。

と、ボタンのおしりがゆっくりとさがり、最後《さいご》に床《ゆか》にくっついた。

ボタンが、おすわりをした！

「なにいまの？」ミシェルが目を丸くする。

「すごい！」と、ピッパ。

「ボタン、じょうずにおすわりができたね」カルロスはそういうと、ママが投げたおやつをキャッチしてボタンにあげた。

ボタンは、得意気《とくいげ》な顔でおやつをたいらげた。なんでもかかってこい！　あたしは天才なんだぞ！　といいたげだ。

「テレビで見たのさ。まさか、こんなにうまくいくとは思わなかったけれど」と、カルロス。

「トイプードルは頭がいい、っていったでしょ」わたしはいった。たぶん、わたしもボタンと同じくらい得意気《とくいげ》な顔をしていたと思う。

ママが、腕時計《うでどけい》をちらりと見た。

「そろそろ、そとに出す時間ね」

「でも、雨がふってるよ！　びしょぬれになっちゃう！」

「雨にも慣《な》れてもらわないとね。雨の日は家のなかでおしっこしてもいいんだと思われたら、かなわないわ」

「そっか」わたしは大きなため息をついた。「ボタン、行くよ」

ボタンはわたしにくっついてくると、ガラスの引き戸に前足をかけた。

木の葉のあいだからも雨がふりそそいでいる。そとに出なくても、地面がぐしょぐしょなのがわかった。

「行っておいで。でもすぐにもどってくるんだよ」

ボタンが、舌《した》をちょろりと出してわたしを見あげる。

引き戸をあけると、ボタンは裏庭《うらにわ》に出た。わたしは、ドアをしめ、ガラス越《ご》しにボタンを見守った。

はじめボタンは、空から落ちてくる水にびっくりしているみたいだった。首をブルッと一回、もう一回ふり、それからまるで雨がふっているのがじぶんのしっぽのせいだとでもいうように、しっぽを追いかけてくるくると回った。雨の音がはげしくて聞こえなかったけれど、うなったりほえたりしているのがわかった。ボタンは、あっという間にびしょぬれになり、みるみるうちにふわふわだった毛が小さな体にぺたりとはりついた。

わたしは、引き戸をちょっとだけあけてさけんだ。

「ボタン、早く!」

ボタンが、くるくる回るのをやめ、こっちを見る。わたしは、ぬれたくなかったので、すぐにまた戸をしめた。ボタンが、目をぱちくりさせ、庭を歩きはじめる。足もとでぴちゃぴちゃと水がはねている。ボタンは、ふいに立ちどまると用をたし、また歩きだし、それからツツジの茂《しげ》みにむかって走りだした。

わたしは、はっとした。

「ボタン、だめ！」あわてて戸をあける。

ボタンは、わたしをあっさり無視《むし》して、裏庭《うらにわ》のはしっこにある水たまりに頭から飛《と》びこんだ。

パシャ！

ボタンは、どろ水をもろにかぶると、コロンとあおむけになり、転げまわった。わたしには満面《まんめん》の笑《え》みをうかべているように見える。

「ボタン！　どうしてそんなことするの！　ボタン、だめでしょ！」

でも、雨の音のせいで聞こえなかったみたいだ。それとも、耳にどろが入っちゃったのかな。

ボタンは、背中《せなか》を地面にこすりつけ、どろまみれになった。

「もう！」わたしは、引き戸をいきおいよくしめ、レインコートと長靴《ながぐつ》をとりに玄関《げんかん》に走った。もどってくるとき、ママがついてきた。ママは、ボタンを見て、笑《わら》いをかみころしている。

「ほらね！　ボタンは、すごーく悪い子だよ！」わたしは、すわって長靴《ながぐつ》をはきながらいった。

「遊んでいるのよ。悪いことをしているとは思っていないんじゃないかしら。ロージーだって、小さいころ、おにいちゃんたちにグリンピースをよく投げつけて、ママをこまらせたのよ」

「でも、それとこれとはぜんぜんちがうよ。だって、グリンピースはきたなくないけど、どろはきたないもん！　なんでボタンは、どろんこになりたがるの？」

「どろの感触《かんしょく》がおもしろいのかもね。ちょうどロージーが、はじめてゼリーを食べたときみたいなものよ」

記憶《きおく》にはぜんぜんないけれど、そのときの写真が家族のアルバムにのこっている。

わたしの手も口のまわりも、子ども用の椅子《いす》も、むらさき色のゼリーにまみれている写真だ。赤ちゃんのころは食べもので遊ぶことがあったのかもしれないけれど、すぐにやらなくなったはずだよ！

わたしは、レインコートのフードをかぶって裏庭《うらにわ》に飛《と》びだし、どろ遊びに夢中《むちゅう》のボタンをさっとだきあげた。ボタンは、変《か》わりはてたすがたをしていた。頭のてっぺんから足の先までびしょぬれのどろだらけ。それなのに、今日は人生でさいこうの日、とでもいうような顔をしていた。

「もう、なにしてるの？　どうしてこんなことするの？」

ボタンは、前足をわたしの腕《うで》にちょこんとかけ、顔を胸《むね》にうずめてきた。トクトクと胸《むね》の鼓動《こどう》が指先に伝《つた》わってくる。なんて小さいんだろう。ママがいうように、悪いことをしているとは思っていないのかもしれない。でも、やめさせるにはどうしたらいいんだろう。

ピッパとミシェルは、どろだらけのボタンを見ておなかをかかえて笑《わら》ったけれど、あらうのを手伝《てつだ》ってくれた。わたしは服をよごしたくなくて、レインコートを着たままだった。ボタンは、洗面台《せんめんだい》から飛《と》びおりようとしなかった。ピッパとミシェルの手のなかにおやつがないか、たしかめるのにいそがしかったみたいだ。

やっときれいになったボタンをタオルでつつみ、リビングへ運んでソファにおろした。ボタンは、あっという間にねむってしまった。そのあとすぐミシェルは、おとうさんがむかえにきて帰っていった。ピッパは、うちで夕飯《ゆうはん》を食べることになった。ピッパのおかあさんから、残業《ざんぎょう》しなくちゃいけなくなったと電話があったからだ。わたしとピッパは、スヤスヤねむっているボタンの横で夕飯《ゆうはん》の時間まで宿題をやることにした。

わたしは、得意なスペイン語のプリントからとりくんでいた。ママのほうのおじいちゃんとおばあちゃんがスペイン語しか話せないので、わたしもおさないころからスペイン語ができるんだ。

ふいにピッパがいった。

「ロージーがうらやましいな」

「うらやましい？　なんで？　じょうだんだよね？　わたしのおにいちゃんたちを見

てごらんよ。あんなのといっしょにくらすのは、はっきりいってたいへんだよ」

「楽しそうだけどな。うちは、いつもしずかすぎるから」

たしかにうちは、しずかすぎることはない。いまだって、あちこちからいろんな音が聞こえていて、わたしは慣《な》れているからだいじょうぶだけど、ピッパは宿題に集中できないんじゃないか、と心配していた。二階からはミゲルが大音量《だいおんりょう》でかけている音楽、地下からはオリバーがミルと電話で話している声、趣味《しゅみ》部屋とよんでいる部屋からはカルロスが見ているテレビの音、キッチンからはママがなにやらガチャガチャやっている音がする。うちの騒音《そうおん》は、三本先の通りにまで聞こえるにちがいない。

「それにいまは犬もいるよね」ピッパは、そうつけくわえるとクークーと寝息《ねいき》を立てているボタンをなでた。ボタンがコロンとピッパのほうに寝《ね》がえりを打つ。

ピッパはつづけていった。

「わたしも犬を飼《か》いたいな」

「飼《か》うなら、どんな犬がいい？」

「そうだなあ。ムックリとなかよくなれる犬。ボタンみたいなトイプードルがいいな」

「うーん。でも飼《か》うなら、ボタンみたいなトイプードルはやめたほうがいいかも。わたしの理想のトイプードルの写真、見たい？　どろだらけでもずぶぬれでもないトイプードルの写真！」

「うん！」

ピッパを趣味《しゅみ》部屋に連《つ》れていき、家族みんなで使っているパソコンを立ちあげた。カルロスが、わたしたちに目もくれないでテレビの音量《おんりょう》をあげる。歴史《れきし》番組を見ているみたいだ。信《しん》じられない！　それ以上《いじょう》、かしこくなってどうするつもりだろ？

わたしは、競技会《きょうぎかい》のトイプードルの写真をクリックした。カンペキに手入れされているトイプードルは、リビングでクークー寝息《ねいき》を立ててねむっている毛糸玉とは大ちがいだ。

「すてきでしょ？」

「うん。ボタンもこんな感じなのかと思ってた。えっと、トイプードルはみんな……」

「わたしも！」

カルロスが、こっちをちらりと見てテレビを消し、趣味《しゅみ》部屋を出ていった。

ラッキー！　こんなふうにおにいちゃんを追いはらえると、勝ったぞって気持ちになる。どうせ、同じ部屋にいても無視《むし》されるだけだし。

「ピッパにぴったりの犬をさがそうよ。トイプードルのほかにも、小さくてかわいい犬はたくさんいるよ」

インターネットで検索《けんさく》してみたら、どの犬もたまらなくかわいかった。マルチーズにヨークシャーテリア、シーズーにポメラニアンにパピヨン、それに小さな雑種犬《ざっしゅけん》。

ピッパはどの写真を見ても、「わー、かわいい！」といってクスクスと笑《わら》ったけれど、飼《か》うならパピヨンがいいといった。ちょうちょみたいな耳の形とちんまりとした顔が気に入ったんだって。

三十分後、わたしは、ピッパを趣味《しゅみ》部屋にのこしてボタンのようすを見にいった。

そしたら、びっくり。

カルロスが、ボタンとじゃれあっていたんだ！

10

「ほーら、おにいちゃんもボタンが好《す》きなんだね。だいだいだーい好《す》きなんだ!」わたしは、大声でからかった。

「まさか!」カルロスが、ソファからあわてて立ちあがる。顔がみるみる真っ赤になった。「新しい芸《げい》を教えていただけさ」

ボタンは、ソファの上でぎょうぎよくおすわりをしていた。ふりかえってわたしを見ると、あたし訓練中《くんれんちゅう》なの、じゃましないでくれる? というような顔をする。

「うまくいってるの?」わたしはきいた。

「まあね」カルロスは、頭をかきながらぼそりといった。

「なにを教えてたの? やってみてよ」

カルロスは、めんどうくさそうなふりをしたけれど、ほんとは見せたくてうずうずしているのがわかった。

おにいちゃんは、手をさしだしていった。

「ボタン、お手」

わたしは、目を丸くした。ボタンが、前足をのせたのだ！

「すごい！　お手ができた！」

「いい子だ」カルロスがおやつをあげると、ボタンはうしろ足で立ってカプッと食いついた。

「『待て』もできるようになったよ。ボタン、おすわり」カルロスはそういうと、さっきと同じように手を動かし、ボタンをすわらせた。それから、「ボタン、待て」といって、てのひらをボタンにむけたまま、一歩、そしてもう一歩うしろにさがった。

ボタンは、カルロスを見つめたままじっとしている。わたしは、息をするのもわすれて見ていた。カルロスが、さらに一歩うしろにさがる。ボタンは、早く動きたくてプルプルとふるえだした。

「よし！」

ボタンはソファから飛《と》びおり、カルロスにかけよるとぴょんぴょんはねて、おやつをねだった。

「けっこう頭いいよね？」と、わたし。

「けっこう頭いいね。六、七回やっただけでおぼえてくれる」

「どうやるのか教えてよ。わたしもいろいろおぼえさせたいから」

「もうすこし大きくなったら、しつけ教室に通わせよう。ボーダーコリーがほしいと思っていたとき、近くで見つけたんだ。芸《げい》にしつけに運動、いろいろなクラスがあるらしい。ボタンなら、どのクラスに入ってもいい線いくんじゃないか」

「うん、きっと優等生《ゆうとうせい》になるよ。クラスで一番になるかも！」

「そうなったらすごいな」カルロスは、ボタンにむかってにっこりと笑《わら》った。ほんとににっこり笑《わら》ったんだよ！

そんなボタンをじまんに思う反面、おもしろくない気持ちもあった。どうしてボタンはカルロスの思いどおりになるのに、わたしの思いどおりにはならないんだろう。

「ご飯《はん》よ」ママのよぶ声がして、わたしたちはキッチンに行ってお皿の準備《じゅんび》を手伝《てつだ》った。ボタンがうれしそうに「ウッフウッフ」とほえながらついてくる。ボタンが「お手」や「待て」ができるようになったことをママに報告《ほうこく》しようとしたそのとき、ボタンがドッグフードの入ったボウルにぶつかった。ドッグフードが、横にあった水のボウルに入り、そのひょうしになかの水がこぼれ、さらにどういうわけか水でぶよぶよになったドッグフードがボタンのふわふわの毛にくっついた。

ボタンのじまんをするには、あまりいいタイミングとはいえない。

でも夕飯《ゆうはん》を食べているとき、カルロスがダニーにちょっとだけさっきのことを話した。

ダニーは、鼻で笑《わら》っていった。

「へんっ。おすわりくらい、どんな犬だってできるね。マーリンは、空中でテニスボールをキャッチできるんだぞ」

「わー。さすが偉大《いだい》なるマーリンさまだね」わたしがからかうと、ピッパはクスクスと笑《わら》った。

カルロスは、ボタンをしげしげとながめていた。その芸《げい》をどうやってボタンに教えようか考えているのかも。だけど、まだちょっとむずかしいんじゃないかな。だって、テニスボールは、ボタンの頭と同じくらいの大きさなんだもん。

するとミゲルが、舌《した》なめずりをしていった。

「ロットワイラーは、ひとかみで人間の手を食いちぎれるぜ！」

ピッパとママがそろって青ざめる。

「じょうだんも、ほどほどにしてちょうだい」と、ママ。

「悪い悪い。でもロットワイラーって、そういうことしそうな顔してるじゃん！」

「ミゲルおにいちゃん、サイテー」わたしはいった。

オリバーは、ずっとだまりこんでいた。またしょげているみたいだ。さっき、ミルと電話していたとき、なにかあったのかもしれない。

ピッパが帰ったあと、わたしは趣味《しゅみ》部屋へもどって、もう一度パソコンでトイプードルの写真を見た。ボタンをプードルカットにしたら、このもやもやした気持ちはすっきりするのかな。服は着てくれなくても、足の先がポンポンになるようカットすれば、きっととびきりかわいくなる。

しばらくすると、ダニーとオリバーも趣味《しゅみ》部屋にやってきた。ダニーがパソコンをのぞきこんでいった。

「おいおい、こんどはなにをたくらんでるんだ？」

「ほんもののトイプードルは、こういう見た目をしてるんだ。上品でしょ？　ボタンがもうすこし大きくなったら、こういうカットにするの」

「それ、めちゃくちゃへんだぞ」ダニーがいう。

オリバーまで顔をしかめてうなずいたから、わたしはむっとした。オリバーはボタンを気に入っているみたいだし、わたしの味方だと信《しん》じていたのに。

「ボタンも、こんなふうにトリミングすれば、プリンセスみたいな犬になれるよ。リボンをつけなくてもね！」

「で、これはなんだ？」ダニーが、うしろから身を乗りだし、トイプードルのおしりについている丸いロゼットを指さした。「おしりポンポンとか？」

「ちがうよ。ロゼットっていって、おしりの両側《りょうがわ》に毛でポンポンをつくるんだよ」

「なら、おしりポンポンで合ってるじゃないか。まさかボタンにこれはやらないよな？」

「かわいいでしょ！」

オリバーが、おでこをピシャッとたたいて、まいったなというふうに首を横にふる。

ダニーは、背《せ》をむけていった。

「べつにいいけど。ぼくの犬じゃないし」

そうだよ。ボタンは、わたしの犬、わたしだけの犬だ。たとえピンクの服を着てくれなくても。

そのとき、ふと思った。ママがだめだといったのは服だけだ。ボタンをピンク色のプリンセスにする方法《ほうほう》はほかにもあるはずだ。

火曜日、学校から帰ってくると、まっすぐじぶんの部屋へむかった。ピッパは、毎週火曜日、美術《びじゅつ》教室に通っているから、うちには来ない。去年は、わたしもいっしょに通っていたけれど、手がよごれない色えんぴつやマーカーで服の絵をかきたかったのに、粘土《ねんど》とか練り土とかのりとか絵の具とかを使ってよごれることばかりやらされて、あげくのはてに大のお気に入りのピンクのスカートをだいなしにしてしまったので、行くのをやめた。

わたしは、チェストの一番下の引き出しから、透明《とうめい》の小物入れをとりだした。持っているマニキュアはぜんぶ、ここに色別《いろべつ》にならべてあって、上の段《だん》はあわいピンク、まんなかの段《だん》はあざやかなピンク、下の段《だん》は赤に分けてある。わたしはマニキュアをするのが大好《だいす》きだ。学校でまるまる四日間マニキュアをきれいにキープできるのは、わたしくらいしかいない。もちろん、悪ガキのアイザックにポニーテールのリボンをうばわれて、校庭じゅうを追いかけまわしたときはべつで、そんなときはせっかくきれいにぬったマニキュアがはげてしまう。アイザックには、ほんとうにいらいらさせられるんだ。

小物入れからあざやかなピンクとあわいピンクのマニキュアを二本ずつ選《えら》んで階段《かいだん》をおり、リビングにむかう。ぜんぶの爪《つめ》を同じ色でぬろうかな、それとも足ごとにべつの色にしようかな。どっちにしても、ボタンはとびきりかわいくなるはずだ。想像《そうぞう》しただけでもワクワクした。じぶんの爪《つめ》もおそろいの色でぬれば、だれが見てもボタンはわたしの犬だとわかるだろう。

リビングに入ると、ボタンはオリバーといっしょにソファにいた。おにいちゃんが手をくるくると回し、ボタンがその手を追いかけている。ボタンが、うれしそうにのどの奥《おく》を鳴らしてジャンプすると、オリバーはじぶんの手をクッションの下にかくした。ボタンが小さな前足でシャカシャカとほりかえそうとする。わたしが近づいていくと、オリバーは、綿《めん》の青いブランケットをボタンにふわりとかぶせた。ブランケットにおおわれた小さなかたまりが、「キャンキャン」とほえながらはねる。楽しくてたまらないみたいだ。

オリバーはマニキュアのボトルに気づくと、わたしはまだなにもしていないのに、顔をしかめていった。

「ボタン、まずいぞ」

わたしは、人さし指をおにいちゃんにふっていった。

「止めようったってむだだよ。ボタンは、ぜったいに気に入ってくれるから！」

「ボタンは、ぜったいにいやがるから！」

「なにをいやがるって？」カルロスが裏庭《うらにわ》から入ってきて、わたしのにぎっているマニキュアを見てぎょっとした。「ロージー、それだけはやめてくれ」

「わたしの犬だもん！」

ボタンが、大きな声にびっくりして、ブランケットから顔を出した。顔の毛が、まるでドライヤーでかわかしたばかりのようにボサボサだ。ボタンは、わたしを見るとうれしそうにほえ、ソファのはしから身を乗りだしてしっぽをふった。

「ほらね！　ボタンもやりたいって！」

わたしは床《ゆか》にすわったけれど、マニキュアをするときはタオルを下にしきなさい、とママがいつもいうのを思いだした。そんなことしなくてもだいじょうぶなんだけどね。だって、わたしはおにいちゃんたちみたいに、ものをこぼしたりしないから。それでも、ママのいうことを聞くときめているのは、新しいマニキュアを買ってもらうためだ。わたしは立ちあがって、使い古しのタオルをとりにいった。

もどってきたら、マニキュアが四本とも消えていた。

「オリバーおにいちゃん！　とったでしょ？」

「えっ、なにを?」オリバーは、なにくわぬ顔でボタンのおなかをなでている。表《ひょう》情《じょう》からは、うそをついているのかどうかわからなかった。

「じゃあ、カルロスおにいちゃんがとったの?」わたしは、腰《こし》に手をあてていった。

「なにいっているのか、わからないな」カルロスが、両手をあげて、なにも持っていないことを見せる。

わたしは、足をふみならしていった。

「どこにあるの? 返してよ!」

「ここには、ぜったいにない」オリバーがいい、カルロスがうなずく。

「じゃましてもむだだよ」わたしは、おにいちゃんたちを指さしていうと、くるりと回れ右をしてじぶんの部屋にもどった。マニキュアなら、まだたくさんある。ぜったいにあきらめないんだから。なによりママがお店から帰ってくる前にやってしまいたい。やる前だったらママは止めようとするかもしれないけれど、ボタンの爪《つめ》がピンク色になっているのを見たら、すてきだと思ってくれるはずだ。そしたら、きっとまたやらせてくれる。

わたしは、べつのマニキュアを選《えら》んで下におりていった。すると、タオルが消えていた。ボタンが、ソファの上でおすわりをしながら、行ったり来たりするわたしを見て、目をぱちくりさせている。

「じゃましないでよ！」わたしは、また足をふみならしてカルロスとオリバーにどなった。

こんどは、マニキュアを持ってタオルをとりにいった。リビングにもどると、ダニーとミゲルもいた。いつだってこうだ。おにいちゃんのひとりがわたしをからかっていると、それを合図にほかのおにいちゃんたちもあつまってきて、みんなでよってたかっていじわるをする。

「やめるといってくれ」ダニーは、マニキュアのボトルを見て、顔をしかめながらいった。

「ボタンがロットワイラーだったら、指をかみちぎられるぞ」ミゲルは、またおおげさなことをいった。

「飼《か》っているのが、ロットワイラーじゃなくてよかったよ！」わたしは、ソファの前にタオルをしいてすわり、マニキュアを一本、横においた。おにいちゃんたちがまわりにあつまってくる。

「おいで」わたしは、床《ゆか》をたたいてボタンをよんだ。

「行くな、ボタン！」ダニーが、しばいがかった声でいう。

ボタンは、ソファから飛《と》びおり、わたしの手のにおいをかいだ。

「いい子だね。ほら、おすわりして」ボタンの頭をなでる。

ボタンは、おすわりをする代わりに、わたしの指をなめようとした。

「だめだよ」わたしは手を引っこめ、カルロスのやっていた動作のまねをした。「ボタン、おすわり」

ボタンは、わたしの手の動きに合わせて頭をうしろにそらし、おすわりをした。

「はあ……じぶんの力が悪に利用《りよう》された気分だ」と、カルロス。

「ボタン、お手」わたしが手をさしだすと、ボタンは頭をさげ、わたしのてのひらをなめた。

カルロスが鼻で笑《わら》うのが聞こえ、わたしはじぶんからボタンの前足をにぎった。ボタンは抵抗《ていこう》しなかった。それどころか、舌《した》をちょろりと出してほほえんでくれたように見えた。ほらね、ボタンだってマニキュアをしたいんだ。

「いい子だね」わたしはそういうと、もうかたほうの手でマニキュアに手をのばした。ない！

タオルに手をすべらせてみたけれど、さっきと同じようにけむりみたいに消えていた。おにいちゃんたちは、動いた気配さえなかった。わたしがボタンの相手をしているあいだに、目にもとまらぬ速さでとったんだ。

「おにいちゃんたちのいじわる！」

「いじわるなのはロージーさ」カルロスがいった。「そんなことをしたら、ボタンがかわいそうだと思わないのか」

わたしは、カルロスみたいに上から目線でいった。

「男子には、わからないんだよ。ボタンは、わたしと同じ女の子だから、ピンクのマニキュアが気に入るはずなの」

「それはどうかな」オリバーがいった。「ボタンは犬だぞ。マニキュアをしたい犬なんているると思うか？　ピンクの爪《つめ》をした犬なんて、ぜったいにおかしいって」

「おかしくないもん」

おにいちゃんたちからマニキュアをとりもどす必要《ひつよう》はなかった。もうひとつ、ポケットにしのばせておいたからだ。それをポケットからとりだすと、おにいちゃんたちはそろってうめき声をあげた。わたしは無視《むし》して、ボトルを軽くふると、ゆっくりとふたをねじあけ、液《えき》がたれないようにボトルの口でハケをしごいた。

もちろん、そうするためには、ボタンをはなさなくちゃならなかった。しばらくボタンはおとなしくすわっていたけれど、ボトルのふたをあけたとたん、首をかしげて立ちあがり、鼻を近づけてにおいをかいだ。

クシュン！　ボタンは大きなくしゃみをし、そのはずみでしりもちをついた。わたしがあわてて前足をつかむと、ボタンはわたしの手をふりきり、ぴょんとうしろに飛《と》びのいた。

「ボタン、おいで」右手でマニキュアのハケを持ちながら、左手をボタンにのばす。

だけどボタンは、もう一歩うしろにさがると、警戒《けいかい》するようにわたしを見て、それからハケを見た。

「ロージー、いいかげんにしろ」と、オリバー。

「これ以上《いじょう》はずかしい犬にするなよ」と、ミゲル。

「うるさい！　ボタン、来て！」

ボタンは、一瞬《いっしゅん》ためらったあと、くるりと回れ右をしてソファのうしろににげこんだ。

おにいちゃんたちがいっせいに歓声《かんせい》をあげる。

「やったー！　ボタン、いいぞ！」ダニーがさけぶ。

「かしこいことがまた証明《しょうめい》された」カルロスが手をたたく。

「にげろ、ボタン、全力でにげろ！」ミゲルがどなる。

わたしは、声のかぎりにさけんだ。

「うるさい！　どうしてそんなにいじわるなの！」

そして、立ちあがってリビングを飛《と》びだした。手にしていたハケは、部屋にもどるとちゅう、洗面台《せんめんだい》に投げいれた。おいてきたマニキュアは、どうなってもよかった。

どうせ、おにいちゃんたちが、もうどこかにかくしたにきまっている。

おにいちゃんたちにも腹《はら》が立ったけれど、ボタンにはもっと腹《はら》が立った。わたしからにげるなんて！　ボタンは、どうしてわたしがやりたいことをやらせてくれないんだろう。よりによって、おにいちゃんたちのほうにつくなんて！　そもそもトイプードルの女の子を飼《か》ったのは、わたしの味方をしてくれるきょうだいがほしかったからだ。小さくてかわいいきょうだいが。うるさくもきたなくもないきょうだいが。だれよりもわたしを好《す》きでいてくれるきょうだいが。

それなのに、こんなふうになっちゃうなんて。

11

わたしはしばらくのあいだ部屋でむくれていたけれど、そのうち退屈《たいくつ》になってきた。宿題を終えると、なにもすることがなくなった。お気に入りの人形で着せかえごっこをして気分を変《か》えようとしたけれど、人形にも服にも、すっかりあきていた。

ボタンと遊びたいな……。

でも、ボタンはきっといやがるだろう。ソファのうしろにかくれたときのボタンの顔がなんども目にうかんだ。

一時間ほどたって、ようやく一階におりてみる気になった。でも、おにいちゃんたちに、笑《わら》われるのはまっぴらだった。部屋のドアをすこしあけ、耳をすます。ミゲルの部屋からは音楽が聞こえる。趣味《しゅみ》部屋からは銃声《じゅうせい》や発射音《はっしゃおん》が聞こえるから、だれかがゲームをしているみたいだ。ということは、すくなくとも四人のうちふたりは、リビングにいない。からかわれたとしても、ダメージは半分ですむ。

つま先立ちで階段《かいだん》をおり、リビングをのぞいた。

ボタンといっしょにリビングにいたのは、カルロスとオリバーだった。わたしは戸口のかげから、しばらくようすを見ていた。カルロスが、はきふるした靴下《くつした》を手にとり、ボタンに投げた。ボタンは口でキャッチしようと飛《と》びあがって失敗《しっぱい》し、顔面に靴《くつ》下《した》をくらってしまった。

「グルルルー」ボタンは、コロンと横むきにたおれ、首をふって靴下《くつした》をふりはらった。それから、口にくわえるとふりまわして敵《てき》にとどめをさし、ねんのため、もう三回ほどブルブルとふった。

こんどはオリバーが靴下《くつした》に手をのばすと、つなひきがはじまった。ボタンが、おもちゃの車のモーター音のようなうなり声をあげて、全力で引っぱる。オリバーは、ボタンが一瞬《いっしゅん》口をひらいたすきに靴下《くつした》をうばいとった。

ボタンは、オリバーのひざに飛《と》びついて文句《もんく》をいった。

「キャン！」

オリバーが、靴下《くつした》をカルロスにパスすると、カルロスはボタンにむかって靴下《くつした》を見せて大きな声でいった。

「ボタン！　ボタン、キャッチ！」

ボタンは、飛《と》んでくる靴下《くつした》にむかってジャンプした。こんどは、しっかりと口にくわえることができた。ボタンが一番おどろいているみたいだった。

「ウッフ！」ボタンは、靴下《くつした》をくわえたまま、得意気《とくいげ》にほえた。それから、またブルと靴下《くつした》をふりまわした。

カルロスとオリバーは、手をたたいて大笑《おおわら》いしている。

わたしは泣《な》きたくなった。こんなの、わたしの犬じゃない。ボタンが庭でどろんこになるたびに、わたしがおふろに入れてあげたのに……。それなのに、ボタンは、いじわるなおにいちゃんたちとくだらない遊びに夢中《むちゅう》になっている。うちには、男の子だけが入れる特別《とくべつ》なクラブがあって、わたしは入れてもらえない。ずっとそんなふうに感じてきた。そしていま、ボタンはそのクラブにすんなりと入れたのに、わたしはやっぱり入れないんだ。くだらなくてうるさくてきたないクラブなんて、べつに入りたくない。でも、なんだかさみしい。

わたしは、ぶすっとしたままリビングに入り、ソファにドスンとすわった。ボタンが靴下《くつした》をぽとりと落とし、わたしを見あげる。でもわたしは、知らんぷりしてテレビをつけ、「ハイスクール・ミュージカル」のDVD《ディーブイディー》を再生《さいせい》した。前の日、ピッパがうちに来たとき、お気に入りのシーンをいっしょに見たあと、そのままにしてあったんだ。この映画《えいが》が大好《だいす》きな理由のひとつは、おにいちゃんたちが大きらいな映画《えいが》だからだ。

カルロスが話しかけてきた。

「ボタン、すごくいい子にしていたよ。靴下《くつした》をキャッチするのもうまくなった。見る？」

わたしは、テレビのボリュームをあげて腕《うで》を組み、カルロスを無視《むし》した。

おにいちゃんたちはもうしばらくボタンと遊んでいたけれど、オリバーがボタンを裏庭《うらにわ》に連《つ》れていくと、カルロスは勉強をしに二階へあがっていった。

裏庭《うらにわ》からもどってきたボタンは、どろだらけに……なっていなかった。どうやら、わたしといっしょにいるときだけ、どろんこになるらしい。

ボタンは、オリバーより先にリビングに入ってくると、こっちに走ってきた。わたしの足もとでおすわりをし、じっと見あげる。

わたしは気づかないふりをして、テレビを見つづけた。

「キュン、キュン」ボタンがせつない声で鳴き、かたほうの前足をわたしのひざにかける。それでも聞こえないふりをしていたら、しつこく引っかいてきて鳴いた。「キュイーン、キュイーン」

オリバーはドアにもたれて、このようすを見ている。

「もう。わかったってば」わたしはボタンをだきあげ、ソファにのせた。

ボタンは、しっぽをパタパタとふった。わたしが手をひざにおいていたら、その手を頭でつついてもぐりこみ、ちゃっかりひざの上にのってきた。そして、なんどかあっちをむいたりこっちをむいたりしたあと、わたしの左ひざに頭をのせてくるんと丸まり、ふぅーと満足《まんぞく》そうに息をはいた。

「あまえてるんだな」と、オリバー。

「ちがうよ。わたしを枕《まくら》くらいにしか思っていないんだよ」

「ロージー、ボタンはおまえのことが大好《だいす》きだぞ。いっしょに遊びたいはずだ。けど、おひめさまごっこじゃなくて犬の遊びをしたいんだ」

「ちがうよ。ぜったいにきらわれてる。だって、わたしからにげたもん」わたしは、ボタンの小さなふわふわの頭をなでた。

「おまえからにげたんじゃない。マニキュアからにげたんだ。犬がにおいに敏感《びんかん》なことぐらい知ってるだろう？　こわかったんじゃないかな」

ボタンが、寝《ね》がえりを打ってあおむけになり、頭をうしろにそらす。わたしがおなかをなでてあげると、ボタンは気持ちよさそうに体をよじった。

えっ、そうだったの？　わたしは慣《な》れているけれど、いわれてみればマニキュアのにおいは鼻につんとくる。

「じゃあ、ボタンもにおいに慣《な》れたら、マニキュアできるかな？」

「それはどうかな。考えてごらん。かわく前にボタンがなめたら？　ものすごく体に悪いと思う。ボタンにとっては毒《どく》みたいなものだ」

「でもなめたりしないよ。しないよね？」

「爪《つめ》はなめないかもしれない。けど、体についちゃったら？　犬はよく体をなめるだろう？　おれだったらそんなあぶないことはやらない」

最悪《さいあく》な気分だった。そんなこと、考えもしなかった。ボタンの爪《つめ》に毒《どく》をぬろうとしていたなんて。かわいそうなボタン！

「ごめんね、ボタン」わたしは、右手でおなかをなでながら、左手であごをくすぐった。

ボタンは、小さな前足でわたしの左手をはさむと、親指をぺろぺろとなめた。たしかにボタンは、なんでもすぐなめる。ほんとにごめんね、ボタン。

「わかったよ。マニキュアはしない」

オリバーは、にっこりとほほえむと、じぶんの部屋にもどろうとした。

わたしは、オリバーの背中《せなか》にむかっていった。

「ねえ、おにいちゃん。あのさ、このこと、ママにはいわないでくれる？」

「いわないさ」

オリバーがだまっていてくれれば、ほかのおにいちゃんたちもだまっていてくれるだろう。

わたしは、夕飯《ゆうはん》の時間までボタンとソファでじゃれあって過《す》ごした。ママとパパが家に帰ってきたときも、ボタンはソファからおりもしなかった。ひざの上で丸まったまま、わたしになでてもらっていた。

その夜、ベッドに入るころには、だいぶ気分がよくなっていたけれど、わたしはもっとボタンがじぶんの犬だと感じられるようになりたいと思っていた。

水曜日は、ママが一日じゅうお店で働《はたら》く日だ。だからわたしは放課後《ほうかご》、ピッパとミシェルを連《つ》れてよくお店まで歩いていく。学校からそれほど遠くないところにあるからだ。お店には、おしゃれですてきな服がたくさんならんでいてワクワクするんだ。よごさないよう気をつければ、試着《しちゃく》もさせてくれる。それに、靴《くつ》やアクセサリーをきれいにならべなおすと、ママが「優秀《ゆうしゅう》な店員さんね」とほめてくれる。

その日の午後、いつものようにお店に入ると、ドアの上についているベルがチリンと鳴って、奥《おく》から「ワン！」と吠《ほ》え声《ごえ》が聞こえた。

「いまのって……？」ピッパが、わたしを見る。

ボタンが奥《おく》の部屋からかけだしてきて、わたしの足に飛《と》びつき、ちぎれそうなくらいしっぽをふってキャンキャンと鳴いた。まるで十年ぶりに会ったみたいによろこんでいる。

「ボタン！　ここでなにしてるの？」と、わたし。

店員のアシュリーが、カウンターから身を乗りだしてボタンを見て、ほほえみながらいった。

「愛《あい》らしい子犬ねえ」

アシュリーは、ショートヘアをブルーにそめていて、イギリス人みたいな英語《えいご》を話す。アメリカで生まれて、ずっとこの町に住んでいるけれど、四年前にひと夏をイギリスで過《す》ごし、よっぽど気に入ったらしい。帰ってきてからというもの、紅茶《こうちゃ》ばかり飲んで、イギリスの女王さまのような話し方をするようになった。クッキーのことをビスケットっていうし、セーターのことをジャンパー、スニーカーのことをトレーナーっていうんだ。それって、わたしにいわせればすごくへんだし、なによりもお客さんがとまどうと思う。でも、やさしいし、わたしのことを「おじょうさん」とよんでくれるところが気に入っている。たとえば、アシュリーは、こんなふうに話すんだ。

「おじょうさん、そのジャンパー、とってくださる？　お世話《せわ》さま」ってね。

アシュリーは、ボタンにやさしく話しかけた。

「店長に連《つ》れてきていただいたのよね？　お客さまに大人気ですのよね？」

「わあ、モテモテなんだね」ミシェルが、ボタンの耳のうしろをかきながらいった。

「ボタンにすすめられたら、なんでも買っちゃうね」ピッパもいう。

「顧客《こきゃく》の心理にアプローチする古典的《こてんてき》なマーケティング戦略《せんりゃく》だね」と、ミシェル。

ミシェルが、その意味を説明《せつめい》しかけたので、わたしはあわてていった。

「ママ！　遊びにきたよ！」

「ちょっと待っててね！」奥《おく》の部屋からママの声が聞こえた。

「パールマンさんの服をお直ししているところなのよ」と、アシュリー。

パールマンさんは、お店のお得意《とくい》さまだ。ママの店では、商品を買った人に無料《むりょう》でお直しするサービスがある。ママは、お客さんを奥《おく》の部屋に連《つ》れていって、体のサイズをはかり、切ったりぬったりして、どんな服も魔法《まほう》のようにそのお客さんの体に合わせてしまう。パールマンさんはとても美人だけど、背《せ》が低《ひく》くてぽっちゃりしているので、ちょうどいいサイズの服がなかなか見つからないんだって。でも、ママの手にかかれば、どんな服もパールマンさんにぴったりになるんだ。

ファッションのすごいところは、にあう服を着れば、だれでももっときれいになれるし、自信《じしん》が持てるようになることだ。いつかだれかが、わたしのデザインした服を着て、「わあ、わたし、きれいになったわ」と思ってくれたら、どんなにうれしいだろう。ママがお直しをすると、お客さんはみんなそんなようなことをいう。わたしは、どんな体型《たいけい》の人にも合う服をつくりたい。わたしもピッパもミシェルもアシュリーもパールマンさんも着られる服だ。もちろんどの服も、色はピンクにするつもり。だって、ピンクがきらいな人なんていないでしょ?

「新しく入ったピアスがあるか見てみようよ」ミシェルが、アクセサリーのならぶ棚《たな》へむかいながらいった。

ボタンをだきあげ、わたしもついていく。腕《うで》のなかのボタンは、やわらかくてふわふわで、クマのぬいぐるみみたいだ。鼻をわたしのあごの下にうめ、首をぺろぺろとなめながらしっぽをふっている。ボタン流のおもしろい愛情表現《あいじょうひょうげん》だ。

ピッパはまだ耳にピアスの穴《あな》をあけていないけれど、お店には、イヤリングもちゃんとおいてある。ママはなんでもよく気がつくから、ピッパがなかまはずれにならないようにそうしてくれているのかも。

わたしたちは、ゆらゆらとゆれるかわいいピアスを見つけ、順番《じゅんばん》に鏡《かがみ》の前で耳にあててみた。

そのとき、ドアのベルがチリンと鳴った。

ふりむくと、オリバーおにいちゃんの彼女《かのじょ》、ミルだった。じつは、ミルもよくお店に来るんだ。ママは、十代の女の子に服を選《えら》ぶのもお手のもの。そもそも、オリバーとミルが最初《さいしょ》に出会ったのもこの店で、そのときおにいちゃんは、お店の壁《かべ》にかざる絵をとりかえていた。おにいちゃんが脚立《きゃたつ》の上でフリーダ・カーロ*の絵を壁《かべ》にあて、

*一九〇七〜一九五四。メキシコの現代《げんだい》絵画を代表する女流画家

ママが「もうすこし横……ちがう、反対よ……そこそこ。それから二センチくらい下」なんて指示《しじ》を出していた。そしたらミルがお店に入ってきて、おにいちゃんを見て笑《わら》ったんだって。それで、おにいちゃんがひと目ぼれしたらしい。

「あっ、ミル！」

「ロージー！　それにピッパとミシェルも！」

ほらね、ミルって最高《さいこう》でしょ？　彼氏《かれし》の妹の友だちの名前までおぼえているんだよ。

「この子が、さいきん飼《か》いはじめたって子？」

「うん、ボタンっていうの」わたしは、ボタンの前足を持ってミルにふった。

「うわあ、かわいいね」ミルが、ボタンの顔をくしゃくしゃっとなでた。

ボタンは、しっぽをパタパタとふった。

わたしはミルにいった。

「オリバーおにいちゃんは来てないよ」

「知ってる。さっきまでいっしょだったんだけど、受験《じゅけん》の準備《じゅんび》するからって帰っちゃったんだよ」ミルは、「受験《じゅけん》」ということばをひときわ強くいって、大きなため息をついた。

「おにいちゃん、受験《じゅけん》が心配みたい」と、わたし。

「あたしだって心配だよ。でも、もっといっしょにいたいよ！　なのに、あいつは、一日も早くこの町を出てわたしからはなれたいみたい」ミルはそういうと、ゆっくりと歩きながらハンガーにかかったセールの服をめくりはじめた。

わたしは、ボタンをだっこしたままミルのうしろにくっついていった。

「まさか。おにいちゃんは、一日じゅうミルのことばかり話してるよ。わたしもミルが大好《だいす》きだから、がまんできるけど」

ミルは、にかっと笑《わら》った。きょうの鼻のピアスは小さなエメラルド色のストーンで、お店の照明《しょうめい》の光を浴《あ》びてキラキラとかがやいている。まっすぐな髪《かみ》の毛もつやつやだ。わたしの髪《かみ》の毛も、こんな強情《ごうじょう》なくせっ毛じゃなくてミルみたいだったらよかったのに。

ミルがいった。

「いつかロージーとデートしたい男の子が列をつくるようになったら、きちんと気持ちを伝《つた》えてくれる人を選《えら》びな。いいね？　思ってることをちゃんと口に出してくれる人。くそまじめな男はだめだね」

いっている意味がわからなかった。おにいちゃんがそういう人だと思っているってこと？

ミルにきいてみようとしたそのとき、ミシェルが話しかけてきた。

「ロージー、このピアス、ほんとに五ドルなのかな？」

ミシェルが、稲妻《いなずま》の形をした銅色《あかがねいろ》のピアスをぶらぶらゆらしている。

「値札《ねふだ》にそう書いてあるならそうよ」ママが、カーテンをさっと引いて、奥《おく》の部屋から出てきた。にっこりと笑《わら》って、みんなにあいさつをする。

そのあとからパールマンさんも出てきて、腕《うで》いっぱいにかかえた服をカウンターへ持っていった。お客さんがパールマンさんしかいなくても、このお店はやっていけそうだ。

「ほんとに五ドル？　わーっ、ほしい！」ミシェルは、ポケットに手を入れ、お金をさがした。

ピッパは、持っていたイヤリングをしみじみと見てから、そっと棚《たな》にもどした。

ママは、ミシェルからピアスを受けとるといった。

「五ドルになります。……そうだわ、ミシェル。これはプレゼントしましょう。うちに新しい家族ができたお祝《いわ》いよ」そして、ボタンの頭をなでながらつづけた。「ピッパとロージーも、その棚《たな》から好《す》きなのを選《えら》んでいいわよ」

「ほんと？」と、わたし。

「もちろん。でも、横の棚《たな》の高いやつはだめですよ、ロージーさん！」

「はーい！」

ほしいピアスは、もうきまっていた。しずくの形をしたピンク色のパールのピアスだ。わたしは、ボタンを下におろして、ピアスをとった。となりでピッパが、さっきもどしたイヤリングをまた手にしている。銀のレースもようの花のまんなかに濃《こ》いブルーのストーンがついているイヤリングだ。

「わーっ、それ、ピッパっぽいね」

わたしは、ピッパがイヤリングを耳につけるのを手伝《てつだ》った。ピッパが、鏡《かがみ》をのぞきこみ、あわいブロンドの髪《かみ》を耳にかける。

「ロージーのおかあさん、ありがとうございます！」ピッパは、うれしそうにいった。

「あっ！　ロージーのおかあさん、ありがとうございます！」ミシェルもお礼をいった。

そのとき、カーテンのうしろからガシャンと大きな音が聞こえた。みんなそろって飛《と》びあがる。

ボタンが、わたしの足もとから消えていた。

「うそでしょ」わたしはいった。

12

「キャンキャンキャン！」奥《おく》の部屋から鳴き声が聞こえる。

わたしが真っ先にカーテンをあけると、ボタンは、首までむらさき色のニット帽《ぼう》におおわれて、走りまわっていた。あちこちにぶつかっている。目が見えないせいで、あちこちにぶつかっている。

すでに、マネキンがたおれ、つみあげてあった帽子《ぼうし》の箱がなだれを起こしていた。つかまえようとすると、ボタンはわたしの股《また》のあいだをすりぬけ、ラックにぶらさがっていたロングドレスにからまった。ロングドレスが、ハンガーからするりと落ちる。

ボタンは、そのロングドレスを引きずって走り、こんどはテーブルにぶつかった。

テーブルの上の裁縫《さいほう》道具がばらばらと落ち、安全ピンや待ち針《まばり》があちこちに散《ち》らばる。

「ボタン！　ボタン、止まって！」わたしはさけんだ。

「ボタン、シ――」と、ママ。

ボタンは、ママの声を聞くとぴたりと止まった。そして、ニット帽《ぼう》を前足でひっかいたけれどとれなかったので、横にコロコロと転がったり、頭をカーペットにこすりつけたりしてはずそうとした。

ママは、たおれたマネキンをまたいでボタンをだきあげた。待《ま》ち針《ばり》で小さな足をケガしたらたいへんだと思ったんだろう。ママがニット帽《ぼう》をとると、ボタンは両方の前足で鼻をはさみ、きょとんとした。

「あらまあ！」アシュリーが、イギリス人みたいな発音でいう。

「うわあ。あっという間にめちゃくちゃだ」と、ミル。

わたしは、ママからボタンを受けとるといった。

「あーあ。まったく、こまったちゃんなんだから。それになんて散《ち》らかし屋さんなの。ボタンのせいで、この部屋を見てごらん！」

部屋のなかは、しっちゃかめっちゃかだった。ボタンは、わたしの肩《かた》に顔をうずめ、見ようとしなかった。心臓《しんぞう》がものすごい速さで鳴り、ハアハアとあらい息に合わせて小さな胸《むね》があがったり、さがったりしている。

もちろんそのあとは、裁縫《さいほう》道具をひろいあつめたりして、部屋のかたづけをしなくちゃならなかった。ミルは用事ができて帰らなくちゃならなかったけど、ピッパとミシェルは手伝《てつだ》ってくれた。順番《じゅんばん》にボタンのめんどうを見て、そのあいだにあとのふたりがかたづけた。ようやく部屋がもとどおりになると、ママは、イヤリングの代金分働《はたら》いてくれたようなものだといって、ごほうびにフローズンヨーグルト屋さんに連《つ》れていってくれるといった。そもそも、こうなったのはわたしの犬のせいなんだけど、それはいわないでおいたよ！

店番はアシュリーにまかせて、TCBY《ティーシービーワイ》にむかった。わたしたちがこの店によく行くのは、シャーベットのメニューもあって、牛乳《ぎゅうにゅう》アレルギーのミシェルも食べられるからだ。いつも、ミシェルはお気に入りのピーチシャーベット、ピッパとわたしは大好《だいす》きなフローズンヨーグルトを食べる。つまり、みんながハッピーになれるってわけ。

わたしがフローズンヨーグルトをほおばっているあいだ、ボタンは、ひざの上でおとなしくしていた。こっそりなめたりもしなかった。それとも、わたしが気づかなかっただけかな？

ボタンがなにかをやらかすたびに、こんなふうにおいしいものが食べられるなら、いたずらっ子の犬を飼《か》うのもそう悪くない。

その夜、ママが部屋におやすみをいいにきたとき、わたしはきいてみた。

「ボタンは、このままずっと悪い子のままだと思う？」

「悪い子？」ママは、おどろいたようにいうと、ベッドのはしに腰《こし》をおろした。「ボタンのこと、悪い子だと思ってるの？」

ボタンは、名前をよばれて顔をあげた。せっかく買ってあげたのに、いつまでたっても犬用のベッドで寝《ね》てくれない。

きのうのことだ。うっかりわたしがT《ティー》シャツを床《ゆか》に落としたら、ボタンがすかさずその上で丸くなってねむってしまった。とりあげるのはかわいそうだったし、わたしのT《ティー》シャツが気に入るなんてなんだかかわいくて、そのままにしておいた。T《ティー》シャツはまだ床《ゆか》に落ちたままだ。なんでもすぐにかたづけないと気がすまないわたしが、どうしちゃったんだろう。

いまもボタンは、T《ティー》シャツの上でねむっていた。毛がぬけやすい犬じゃなくてよかったとやっぱり思う。

わたしはママにいった。

「悪い子だよ。だって、土をほりかえしたり走りまわったり、いたずらばかりするよ。ときどき、どうしちゃったの？　って思うよ。おふろだって、もう何回入れたと思う？　どうして、おとなしくしていてくれないのかな」

「いま、おとなしくしているわよ」

「だって、ねむってるから」

「おとなしくねむってくれるのは、ありがたいことなのよ。ひと晩《ばん》じゅう鳴きつづける子犬も多いんだから。そのT《ティー》シャツ、ボタンにとられちゃったの？　きっと、ロージーが近くにいるみたいで安心するのね」

「へえ」なるほど、そういう見方もあるんだ。

「でも、ロージーのいっていることもわかる。犬は、じゅうぶんに運動をさせると、いたずらをしなくなるものよ。ボタンも、もっとたくさん動いてつかれれば、おとなしくなるんじゃないかしら」

「それって、どうすればいい？」

「あした、公園に連《つ》れていったら？　おにいちゃんにいっしょに行ってもらいなさい。知らない犬にはまだ近づけないほうがいいけれど、ボタンはきっとよろこぶわよ」

「わかった」

でも、わたしは、公園で遊ぶタイプじゃない。ダニーは、おかしいくらい活発だから、しょっちゅう家の近くの公園に行って、あのだだっぴろい場所で、走りまわったり野球をしたりサッカーをしたりしている。わたしは、公園に行っても、「それで、なにすればいいの？」って思うし、芝生《しばふ》で靴《くつ》がよごれるのが心配で走るのもいやだ。

でも、ボタンがおとなしくなってくれるなら、やってみる価値《かち》はありそうだ。

つぎの日の木曜日、放課後《ほうかご》に予定がなにもないのはミゲルだけだった。

ママがロージーといっしょにボタンを公園へ連《つ》れていってほしい、といったら、ミゲルったら、どれだけ文句《もんく》をいったと思う？　「あんな毛糸玉といっしょにいるところを見られたらマジ死ぬ」とか、「かあさーん、なんでいつもおれが妹のベビーシッターをしなきゃいけないんだ?」とか、「ちょーはずかしいぜ」とか、もううるさいのなんの。

だけど、ダニーはサッカーの練習があるし、カルロスは数学オリンピックの打ち合わせが入っているし、オリバーは大学の模試《もし》があるから、あとはミゲルしかいなかった。だいたい、ひまなのがいけないんだ。髪《かみ》の毛をいじるか女の子の話をするかしか興味《きょうみ》がないんだから。

わたしがボタンにかわいいピンクのリードをつけているあいだも、ミゲルは、肩《かた》をがっくりと落としてぶつぶつと文句《もんく》をいいつづけていた。

「べつにひとりで行ってもいいよ。通りを三つ四つわたるだけだし」と、わたし。

「おいおい、おまえをひとりで行かせたりしたら、おれは百年間外出禁止《きんし》の罰《ばつ》をくらうぜ。ついていってやるけど、おれのクラスメイトがいたら他人のふりをしてくれよ。その犬も、おれとはなんの関係《かんけい》もないからな」

「はいはい」わたしは、あきれて目をぐるりと回した。

ビニール袋《ぶくろ》を二、三枚《まい》と水を入れたペットボトル、小さなプラスチックのボウルをピンクのポシェットに入れて、ボタンがどろだらけの足で飛《と》びついてきてもいいように、一番古いジーンズにはきかえた。

わたしとミゲルは、家を出ると公園にむかって歩きだした。ボタンは、リードが気に入ったようで、飛《と》びかかってはからまった。あんまりリードに夢中《むちゅう》で、通りをふたつわたってようやくそとにいることに気づいたようだ。それからは、なんども立ちどまった。まるで草一本一本にあいさつしているんじゃないかと思うほどだった。なんどか土の上を転がろうとしたけれど、リードを引っぱって止めた。

ミゲルは、五、六歩先を歩いて、こんなやつらは知らない、ってふりをした。わたしとボタンが止まると、いちおうミゲルも止まってくれたけれど、ぜんぜんちがうほうをむいて、ちょっと休んでるだけさ、って顔をした。くしをとりだし、髪《かみ》を二、三回なでつけ、はねた毛を直したりもしていた。いつからおにいちゃんは、こんなキザ男になっちゃったんだろう。女の子を意識《いしき》してマッチョでクールな男子をせいいっぱい演《えん》じてるけど、女子に話しかけられているところを見たことがない。

公園につくとミゲルがいった。

「ドッグランはこっちだぜ」

「ドッグラン？」

「フェンスでかこまれてるところで、そこのなかならリードをはずしていいんだ。ほかの犬と遊ばせてやれるぜ」

「まだほかの犬と遊ばせるのは早いかな。もうちょっと歩いて、いろんなにおいをかがせてあげようよ」

ミゲルは、落ちつかないようすでポケットに手をつっこんだ。だれかに見られるのをおそれて、きょろきょろとあたりを見まわしている。

そんなミゲルをよそに、ボタンは大はしゃぎしていた。リードを引っぱって、前へ前へと進もうとする。風に運ばれてきた葉っぱが鼻をかすめると、えらそうにワンとほえて飛《と》びつき、相手がにげなかったのできょとんとした。小さな黒い鼻で葉っぱをつつき、わたしを見あげて、あたしの勝ち？　あたし勝ったの？　というような顔をする。

もちろんボタンは、茂《しげ》みを目にするたびに飛《と》びこもうとした。すでに、白い小さな前足は草色にそまっている。公園のなかをはしゃぎまわっているうちに、小枝《こえだ》や葉っぱがふわふわの毛にどんどんからまっていった。でも、ボタンはとても楽しそうで、しかる気にはならなかった。

公園のまんなかにある池まで来ると、遠吠《とおぼ》えのような鳴き声が聞こえてきた。ものすごく大きくてへんな声だったので、それが犬の鳴き声だとなかなか気づかなかった。だけど、ボタンは、すぐさま反応《はんのう》した。うしろ足で立ちあがって前足をぶらりとさげ鼻を上にむけてリードを引っぱる。テレビで見たミーアキャットにそっくりだ。

「グオオーン、グオオーン、グオオオオーン！」ナゾの犬がまたほえた。

と、声の主がこっちにむかって全速力で走ってくるのが見えた。耳のたれた、茶色と黒と白のビーグル犬が、リードを引きずって走ってくる。その犬は、「グオオオオーン」ともう一度ほえ、ボタンめがけて一直線にやってきた。

わたしがあわててボタンをだきあげようとしたとき、犬の飼《か》い主《ぬし》がうしろから走ってくるのが見えた。

「ごめんなさい！　わたしの犬なの！　かまないから！　うるさいだけだから！　ごめんなさい！」

エラだった。いつもわたしにちょっかいを出すアイザックのおねえちゃんでダニーのクラスメイトだ。そういえば、得意芸《とくいげい》おひろめ会で、このビーグル犬とゆかいな歌を披露《ひろう》してたっけ。わたしは、ボタンにあいさつさせてもだいじょうぶそうだと思った。

ビーグル犬はボタンの前でぴたりと止まり、フガフガと息をしながら、しっぽをぶるんぶるんふった。ボタンににおいをあちこちかがれても、じっとしていた。

そのとき、ボタンがとびきりかわいい仕草をした。うしろ足で立ちあがり、前足をそろえておねがいのポーズをしたのだ。ねえ、遊ぼうよ、遊ぼうよ、といっているみたいに！

「もうトランペット、だめでしょ」エラは、ビーグル犬のリードをひろいあげた。犬よりも息を切らし、くるくるの茶色い髪《かみ》の毛がボサボサになっている。

「よう！　得意芸《とくいげい》おひろめ会で優勝《ゆうしょう》したんだって？」と、ミゲル。

「うん。トランペットのおかげだけどね」エラは、顔を真っ赤にしながら、犬の横《よこ》っ腹《ばら》をなでた。トランペットが、にんまりと笑《わら》っているような顔でエラを見あげる。

「けど、優勝《ゆうしょう》はすごいじゃん」ミゲルは、トランペットの鼻に手を近づけ、においをかがせた。

ボタンが、またさっきと同じポーズでトランペットを遊びにさそう。

「わー、なんてかわいいの」と、エラ。

「エラ！」遠くから声が聞こえた。

遊具広場のそばで、男の子が手をふっている。ダニーのクラスメイトのニコスだ。その横にいるのは、たぶんローリーという女の子。たしかおとうさんが、ダニーの野球部のコーチをしている。ローリーは、なんていうか、ピッパとはちがう意味でわたしとは正反対って感じ。いつだってひざやひじにすり傷《きず》があるし、ピンクの服は死んでも着ないと思う。

「いま行く！」エラは、ニコスたちに大声で返事をした。それから、「じゃ、またね」といって、トランペットを引きずって行ってしまった。

ボタンが、がっかりした顔でおすわりをしたので、わたしはいった。

「ボタン、心配しないで。お友だちなら、またすぐ見つかるよ」

ミゲルは、走っていくエラとトランペットにむかってあごをしゃくりながらいった。

「あの犬、けっこうかっこいいじゃん。まっ、もっとでかいほうがいいけど」

と、そのとき、うしろで女の子の声がした。

「あら、ミゲルじゃない？」

おにいちゃんは、こおりついた。トランペットに気をとられて、わたしとボタンからはなれるのをわすれていたのだ。いっしょにいるところを、だれにも見られたくないと思っていたはずなのに。

よりにもよって、一番見られたくない人に見られるなんて。

チアリーダーたちに！

13

名前は知らないけれど、ふたりを高校の正門前で見かけたことがある。木の下にすわって、男子が前を通りすぎるたびに髪《かみ》の毛をかきあげていた。チアリーディング部に入っていると見て、まずまちがいない。

背《せ》の低《ひく》いブロンドヘアの女の子が、ボタンを見ていった。

「きゃー。うそー。やだー」

「あなたの犬?」もうひとりの背《せ》の高い赤毛の女の子がミゲルにきいた。ボタンを指さしながら首をすこしかしげる。髪《かみ》の毛が、日《ひ》ざしを受けてキラキラとかがやいた。

「いや。まさか」ミゲルはいそいで首を横にふると、真《ま》っ赤《か》になった。

「きゃー。ものすごーく、かっわいー！　とーっても、気に入った！　一日じゅう、ずーっと、だきしめてたーい！」ブロンドヘアの子は、いちいちことばを区切って、キンキン声で話した。

「いやーん、ほんとほんと！　あなたの犬？」赤毛の子が、こんどはわたしにきく。

代わりにミゲルが、あわてて答えた。

「えっと、おれたちの犬さ。おれの犬じゃなくて、おれたちの犬。そういうこと」

なにそれ。うまくごまかしちゃって。おにいちゃんの心のなかが手にとるようにわかる。

「わたしの犬です」わたしは、きっぱりといった。

「いやーん、ミゲル。妹とワンちゃんを公園に連《つ》れてきてあげるなんて、いいおにいちゃんね」赤毛の子はそういうと、また首をすこしかしげ、髪《かみ》の毛をさらっとゆらした。じまんの髪《かみ》の毛を見せびらかしているんだ。さりげなくやってるつもりみたいだけど、じぶんがどう見えているかしか考えていないのがみえみえだ。

「まあな。あたりまえのことじゃん？」と、ミゲル。

「おにいちゃん、わたしにオトモダチを紹介《しょうかい》してよ」わたしがいうと、ミゲルの顔はさらに赤くなった。

「こっちがケイトリン」ミゲルは、赤毛の子にむかって頭をかしげ、つぎにブロンドの子を見ながらいった。「で、こっちがサラ。こいつはおれの妹、ロージーだ」

「はじめまして」赤毛のケイトリンは、そういうとすぐにボタンに視線《しせん》をもどした。

この人、ぜったいに公園にいるうちにわたしの名前をわすれると思う。ミルとは大ちがいだ。

サラが、ブロンドヘアを人さし指に巻《ま》きつけながらいった。

「うちも、この夏にー、親が犬を、買ってきて、くれたんだけどー、ものすごーく、大きくて、毛むくじゃらで、じゃますぎてー、もううんざりー。どうせならー、小さい犬にしてーって感じ。わかるー?」

「もちろんさ!」と、ミゲル。

「小さい犬のほうが、ぜんぜんかわいいよねえ」ケイトリンが、赤い髪《かみ》をかきあげていう。

「だよな。ぜんぜんいい」

ミゲルがそう答えるのを聞いて、わたしは妹っぽくいってみせた。

「ミゲルおにいちゃんは、ずっと小さい犬がほしいっていってたんです。わたしが、『おにいちゃん、大きくて強くてこわそうな犬じゃなくていいの?』ってきいても、『いやいや、小さくてかわいくてふわふわの犬を飼《か》うべきさ』っていってくれて……」

ミゲルが、ぎろりとわたしをにらんだ。

「きゃー、やさしー!」サラがしゃがんでボタンをなでようとすると、ボタンは鼻をサラの手に近づけた。サラが、さっと手を引っこめていった。「かむ?」

「かみません」わたしは、むっとした。わたしのほうがボタンよりサラにかみつきそうだ。

ミゲルは、サラにたずねた。

「で、その大きな犬はどうなったんだ?」

「おねえちゃんのー、親友の弟に、あげたわー。ちょっとー、頭がおかしい犬だったからー、ばいばーい、って感じ。しょっちゅう、うちから、にげだしてたしー」

その犬、逆《ぎゃく》にかしこくない? わたしは心のなかでつぶやいた。

「ふたりは、公園になにしにきたんですか？」わたしはきいた。野球をしにきたようには見えない。

「毎週木曜日にアルティメットフリスビー*部の練習があるから来てるの」ケイトリンがいった。

「わたしたち、チアリーダーなのー。だからー、練習のときも、応援《おうえん》に来たほうがいいかなー、って」サラは、そういうとケイトリンとほほえみあった。

ふたりのあとをついていったら、T《ティー》シャツをぬいだ筋肉《きんにく》ムキムキの男子がたくさんいるにちがいない。

「いいじゃん。応援《おうえん》か、えらいな」と、ミゲル。

「来週もミゲルとワンちゃんに会える？」ケイトリンはおにいちゃんにきくと、あおむけになったボタンのおなかをこわごわなでた。

「もちろんさ！　公園には、犬の散歩《さんぽ》でよく来るんだぜ！」

わたしは、必死《ひっし》に笑《わら》いをこらえていった。

「ねえ、おにいちゃん、もう帰ろうよ。ボタン、つかれちゃったみたいだよ」

「ボタン!? きゃー! ちょーかわいい、なまえー!」サラがキンキン声でいう。

「つかれた? つかれたようには見えないぜ」と、ミゲル。

ボタンは、芝生《しばふ》の上にぺったりとおなかをつけて寝《ね》そべっていた。目がとろんとして、足がぴくぴくと動き、もう半分夢《ゆめ》のなかだ。

「おにいちゃん!」わたしはきつい口調でいった。

「じゃー、またねー」と、サラ。

「またね、ミゲル」と、ケイトリン。

ケイトリンがいうと、「ミゲル」という名前までおとなっぽく聞こえた。

「じゃっ、来週の木曜日にまた会おうぜ!」ミゲルは、白い歯をきらりと見せて笑《わら》った。

ケイトリンとサラは、腕《うで》を組んでクスクスと笑《わら》いながら風のように去っていった。

ミゲルは、天国にでも行ったような顔をしている。ぽーっとしちゃって、ばかみたい。

「早く!」わたしは、おにいちゃんの手を引っぱって、公園の出口にむかった。

＊七人ずつ敵味方《てきみかた》に分かれてフライングディスクをパスしながらゴールを目指す競技《きょうぎ》

ボタンは、わたしが歩きだすと、すぐさまぴょんと立ちあがった。とちゅうで、なんどか茂《しげ》みを見つけて飛《と》びこもうとしたり、たわんだリードが目に入るたびにくるりと回って飛《と》びついたりした。おかげでなかなかまっすぐ歩けなかったけれど、それはそれで楽しかった。

公園から通りを一本こえたあたりで、ミゲルが夢心地《ゆめごこち》にいった。

「話しかけられた……。見たか？　いまのは夢《ゆめ》じゃないよな？　ケイトリンとサラと話したぜ！」

「たいした話、してないけどね。それに、ふたりとも髪《かみ》をいじってばかりいたよ」

「ふたりと話したのははじめてなんだ。おれの名前を知ってたぞ。おれの髪型《かみがた》、どうだ？　くずれてないか？」

「おにいちゃんの髪《かみ》のことなんて気にしてなかったよ。じぶんたちの髪《かみ》ばかり気にしてたから」

「ふたりとも、きれいな髪《かみ》だったなあ」

「まちがってもあのふたりとつきあったりしないでね。頭が空っぽだから」

「ボタン、気に入られてたなあ」

ボタンがミゲルを見あげ、しっぽをふる。口の横から舌《した》がちょろりとたれている。

ミゲルは、しゃがんでボタンをくしゃくしゃとなでた。

「おまえは世界一の犬だぜ」

えええっ！

「世界一の犬？『小さすぎる、ふわふわすぎる、はずかしすぎる』っていってなかったっけ？」

「女の子が小さい犬を好《す》きだと知ってたら、最初《さいしょ》からおまえの味方をしたぜ」

「あのー。わたしも女の子なんですけど、気づいてなかったんですかー？」

「おまえは、ロージーだからな」

そうよ、わたしはロージーよ。サラでもケイトリンでもなく、ロージーでよかったと心から思う。ふたりみたいにきれいな髪《かみ》じゃなくてもね。

ミゲルがボタンを気に入ってくれて、いいこともあった。家に帰ってから、ボタンをあらってとたのんだら、あっさりうなずいたのだ。もちろんやり方は教えてあげたけれど、今回ばかりは、わたしじゃなくてミゲルがずぶぬれになって大満足《だいまんぞく》。ふたりで協力《きょうりょく》してかわかし、リビングにむかった。ボタンは夢中《むちゅう》でソファに体をこすりつけ、それからソファのはしからはしまでなんども走り、クッションに鼻をつっこんで、「グッフ！」とうれしそうにほえた。ミゲルは、ソファのひじかけにすわって大笑《おおわら》いしていた。

ダニーが、リビングに入ってきていった。

「なにやってんの？」

「ボタンと遊んでるの」わたしは答えた。

「こいつ、サイコーだぜ」と、ミゲル。

「ミゲルにいちゃん！」ダニーがショックを受けたようにいった。「まさか、にいちゃんまで、悪の手に落ちたのか？」

「ちょっと！」と、わたし。

ミゲルが、しかたないだろ、というふうに肩《かた》をすくめていった。

「だって、かわいいじゃん」

ダニーは、頭をかかえた。

「うそだろ。ミゲルにいちゃんは信《しん》じてたのに！　こいつは、犬じゃない。犬ってのは、でかくてテニスボールを追いかけられる、マーリンみたいなやつのことをいうんだ。いつかぜったいに、ホンモノの犬を飼《か》うからな。ぼくは、そんな毛糸玉とはかかわらないぞ」

ダニーが、足をふみならしてリビングを出ていく。わたしは、その背中《せなか》にむかってどなった。

「どうぞご自由に！　ボタンは、ダニーおにいちゃんには、もったいないくらいいい子だから！」

「あいつもそのうち気が変《か》わるさ。おっと、友だちにメールしようっと。ケイトリンとサラと話したってな。マジ信《しん》じられないぜ！」

首をしきりに横にふりながら、ミゲルもリビングを出ていった。

ボタンは、頭をわたしのひざにのせ、あおむけになった。

「男子には、あきれちゃうね」わたしは、ボタンのおなかをやさしくなでた。

フーッ。ボタンも、ほんとだね、というようにため息をつき、一分もたたないうちにねむってしまった。

パパが仕事から帰ってきたとき、わたしたちはソファにいた。わたしは本を読み、ボタンは足を宙《ちゅう》に投げだしてあおむけにねむっていた。パパは、笑《わら》いをかみころしながら戸口にかばんをおろした。

わたしはいった。

「シーッ。うまくいったよ。公園に連《つ》れていったら、くたくたになってこのとおりだよ」

「おお。なんていい子なんだ。おにいちゃんたちも、ボタンと遊んだかい?」

「みんな、すっかりボタンのとりこだよ。ダニーおにいちゃん以外《いがい》はね。べつにあんなやつ、どうでもいいけど」

「そうか。ところで、ペパーミントメレンゲクッキーをつくろうか」

おぼえていてくれたんだ! パパはいつだってものすごくいそがしいから、きっとわすれているだろうと半分あきらめていた。でもパパは、クッキーに必要《ひつよう》な材料《ざいりょう》をぜんぶ買ってきてくれていた。パパとキッチンに行っても、ボタンは目をさまさなかった。しばらくしてリビングをのぞくと、オリバーがボタンをなでていた。またうかない顔をしていたけれど、寝《ね》ぼけたボタンに前足でたたかれて、笑《わら》っていた。

クッキーは、カンペキに焼《や》きあがった。卵《たまご》の黄身と白身を分けるのはパパがやってくれたけれど、ハンドミキサーで角が立つまで白身をあわだてるのはじぶんでできた。最後《さいご》に、ピンクとむらさきのつぶつぶをかざると、いままで見たことがないほどすてきなクッキーができた。あとはあした学校に持っていくまで、おにいちゃんたちに食べられないよう気をつけなくちゃ。

と思っていたら、さっそくダニーがアルミホイルの下をのぞいているのに気づいて、わたしはさけんだ。

「ちょっと！」

「ひとつくらいいいだろ？」

「だめ。トイプードルの悪口をいう人にはあげないよー。あした学校のベイクセールで売るから、ほしいならみんなと同じように二十五セントはらって買って！」

「けち！」ダニーはぶつぶついいながら、趣味部屋《しゅみべや》へもどっていった。

「アフリカの人たちにヤギを贈《おく》ってあげるためだもんね！」わたしは、得意気《とくいげ》にいった。

ボタンは、ずっとうとうとしていた。裏庭《うらにわ》へ出してやったときも、トコトコと歩いていって用をたすと、土をほりかえしたりすることもなく、すぐにもどってきた。わたしが宿題をやっているあいだも足もとでねむっていた。一度、足がぴくぴくと動き、かわいい声で寝言《ねごと》をいった。公園でトランペットと走りまわっている夢《ゆめ》でも見ていたのかもしれない。

夜寝《ね》る前、ボタンが気に入っているわたしのT《ティー》シャツを犬用のベッドに広げてみた。そこにボタンを入れると、そとに出る気力もなかったのか、丸くなってそのままねむってしまった。ついにじぶんのベッドで寝《ね》てくれた！

「ねえ、どうして、最初《さいしょ》からそうしなかったの？」わたしはボタンにつぶやいた。

公園から帰ってきたあと、ボタンはずっといい子で、わたしはうれしかった。でも、新しい不安《ふあん》も出てきた。ボタンを毎日公園へ連《つ》れていくなんてできない。あしたはべイクセールがあるし、これから学校の宿題もどんどん増《ふ》えていく。今年は、劇《げき》の発表会にも挑戦《ちょうせん》したいから、放課後《ほうかご》学校にのこって練習しなくちゃいけない日もある。毎日ボタンにたっぷり運動をさせて、いい子でいてもらうためには、どうすればいいんだろう。

14

「ぜんぶで七十五セントです」わたしは、ハイディにいった。

ハイディの手には、三種類《しゅるい》のクッキーがにぎられている。どういうわけか、着ているシャツは、すでにクッキーのくずだらけだ。

「あれっ、なんでこんなによごれちゃったんだ?」ハイディはそういいながら、クッキーのくずをはらいおとそうとしたけれど、頭もさわったせいで髪《かみ》の毛にまでくっついた。

ハイディは、はっとしていった。

「あっ、はい、お金」

わたしは、ハイディから五ドル札《さつ》を受けとって、おつりに四ドル二十五セントをわたした。

いっしょに店番をしているチャーリーがいった。

「計算速いな。ぼくだったら三十分かかるよ」

チャーリーは、うちのクラスで一番背《せ》の低《ひく》い男の子で、わたしが気に入っているエリックみたいに、ものすごくおとなしい。だから、このベイクセールで同じテーブルを担当《たんとう》することがきまったときは、うれしかった。お金の管理《かんり》をまかせてくれるところもいい。それに、わたしがうっかりクッキーをわっちゃったときも、だまっていてくれた。半分ずついっしょに食べたからかもしれないけどね。

わたしたちの担当《たんとう》のテーブルは、学校の正面口にあった。

裏門《うらもん》にも、ピッパとアーノルドがテーブルを出しているから、学校が終わって家に帰る子たちを全員つかまえられる。それに、子どもをむかえにきたおとなたちにも買ってもらえるように、ミシェルとケリーが、駐車場《ちゅうしゃじょう》の入り口に大きな看板《かんばん》を持って立っていた。

わたしたちが用意したクッキーは、お昼休みに半分近く売れ、放課後《ほうかご》わずか十五分でほとんどなくなってしまった。でもエリックが来たとき、わたしのつくったペパーミントメレンゲクッキーは一枚《まい》だけのこっていて、エリックはそれを買ってくれた。やっぱり、六年生の男子のなかでダントツにいい。しずかで、ぼそぼそと話すところもかわいすぎる。

わたしが小銭《こぜに》を数えていると、うしろでだれかの気配がした。さっとふりかえり、その子の手首をつかむ。アイザックが、またポニーテールのリボンを引っぱろうとしていた。

「アイザック、やめて！　どうして、いたずらばかりするの？」

「まだなんにもしてないもーん」アイザックがわたしの手をふりはらう。

「じゃあ、クッキーを買うかあっちへ行くか、どっちかにして！」

するとアイザックはクッキーを買って、あっちへ行ってくれた。

つぎに、小さな茶色い目がテーブルの下からのぞいた。身を乗りだすと、イーデンだった。ダニーの友だちのトロイの妹で、いつもにこにこしている。横には、同じ二年生の女の子がいた。見おぼえはあるけれど名前は知らない。まっすぐの黒髪《くろかみ》をふたつ結《むす》びにし、青いフレームのメガネをかけている。

「えーっと。クッキーをわたしにひとーつ、ユンにひとーつください」イーデンは、かわいい声で歌うようにいうと、背《せ》のびをしてテーブルの上に二十五セント硬貨《こうか》を二枚《まい》おいた。

わたしは、ふたりを見ていった。

「ピーナッツバターとチョコレートチップとダブルチョコレートチップがありますが、どれにしますか？」

イーデンは、ものすごくしんけんな顔をして考えこんだ。

「わたしは、ピーナッツバターがいいな」ユンはそういうと、うしろをふりかえってさけんだ。「おねえちゃん！　ピーナッツバタークッキー、買っていい？」

一台の車が、駐車場《ちゅうしゃじょう》のあいているスペースにちょうど入ろうとしている。わたしは、その車を見て胸《むね》が高鳴った。ミルが運転していたからだ。ミルは車を止めると、キーホルダーを指でくるくる回しながらこっちにやってきた。かっこいいなあ！　わたしも車の運転ができるようになったら、あんなふうにキーホルダーをくるくる回そう。

「もちろん！　わたしもひとつほしいな。こんにちは、ロージー」

「こんにちは、ミル」わたしは、高校生とおしゃべりするのは慣《な》れているってふりをしながら、ミルから二十五セントを受けとった。

となりでチャーリーが、目を丸くして見ている。わたしがクールな高校生とふつうに会話しているから、おどろいているんだ。

「はい。ピーナッツバタークッキーはこれで売りきれです」わたしはそういって、ユンとミルに一枚《まい》ずつわたした。

「じゃあ、わたしはー、ダブルチョコレートチップクッキーをおねがいしまーす！」と、イーデン。

「はい、どうぞ」わたしは、クッキーをナプキンにつつんでさしだした。

イーデンは、にこにこの顔をもっとかがやかせて、校庭にいるトロイとパーカーのところへ走っていった。

ミルは、ほとんどのお皿が空になっているのを見ていった。

「あとちょっとで売りきれだね」

「そうなの！　四時くらいまではかかると思ってたんだけどな！　ママはお仕事だから早くむかえにこられないし、それまで待ってなきゃ」

「あたしが家まで送ってあげようか？」と、ミル。

うそ！　ミルの車に乗れるの？　やったー！　わたしはうれしくてたまらなかったけれど、かっこつけて肩《かた》をすくめながらいった。

「じゃっ、おねがいしようかな」

ミルは、スマホをとりだした。

「いちおうロージーのおかあさんに電話して確認《かくにん》しておくよ。ユン、あっちでクッキーが売りきれるまで待ってようか」

「わたひ、てふだいたいな。ぜんぶ、たふぇてあげる」ユンが、口いっぱいにクッキーをほおばりながらいう。

ミルは笑《わら》いながら妹を連《つ》れて階段《かいだん》のほうへ行った。

「あの人、おにいちゃんの彼女《かのじょ》なんだ。わたしも、けっこう仲《なか》がいいの」わたしはチャーリーにいった。

「いいなあ。おにいちゃんはぼくとほとんど話してくれないよ。おにいちゃんが友だちと遊んでるときなんか、近よれない感じだし」

「へえ」それって、なんだかかなしい。そういえば、わたしはチャーリーにおにいちゃんがいることも知らなかった。

ついにクッキーが売りきれると、アップルバウム先生は売上金の入った箱を受けとって、わたしたちをすごくほめてくれた。そして、テーブルやお皿は先生がかたづけるからもう帰っていいですよ、といった。

ミルは、わたしを車の助手席《じょしゅせき》に乗せてくれた。ユンは、文句《もんく》ひとついわずにうしろの席《せき》にすわった。うちでは、助手席《じょしゅせき》に乗せてもらったことなんて一度もない！

車が学校の駐車場《ちゅうしゃじょう》を出ると、わたしはミルにきいた。

「オリバーに会ってく？」

ミルは、不満《ふまん》そうにふんっと鼻を鳴らした。

「わたしになんか会いたくないんじゃない？」

「えっ、会いたいでしょ」

「どうだかね。大学のことしか頭にないみたいだから。あいつが、もっと女心がわかって、感情《かんじょう》を見せてくれるやつだったらよかったのに。ロージー、日曜日にあったこと、聞いてくれる?」

日曜日……たしかミルとサイクリングに行くといって家を出たのに、すぐに帰ってきたっけ。

「ミルに急用ができたって聞いたよ」

「はい? なにがあったか教えてあげるよ。うちに来て、わたしが『じゃあ、なにしよっか?』ってきいたら、『さあ。なにしたい?』ってききかえされてさ。『うーん、オリバーはなにしたいの?』っていったら、『ああ、受験《じゅけん》のことで頭がいっぱいだよ。ミルもそうだろ?』とかいいだして、『ちょっと、それって、家に帰って受験《じゅけん》の準備《じゅんび》をしたいってこと?』って返したんだ。そしたら『えっ、どうだろう。きみは?』なんていうから、『そうしたいならそうすれば? わたしもやることいろいろあるから』ってなって、『えっ、ミルがいそがしいなら……』とかいうから、『うん、いそがしいから、バイバイ』っていってやったら、最後《さいご》にオリバーが『それなら、じゃあ』だって、ありえなくない!?」

「えっと……ありえないってなにが?」

「オリバーの態度《たいど》だよ! ロージー、よく聞きな。男を選《えら》ぶときは、面とむかってちゃんと好《す》きだっていってくれる男を選《えら》ぶんだよ。わけのわからないやつはやめときな」

ミルのいうとおり、わけがわからなかった。

「オリバーおにいちゃんは、ミルのことが好《す》きだよ」わたしはいった。それだけは、たしかだ。

「そんなふうに思えないんだよ。あいつは、おとなしすぎて、なにを考えてるかわからないんだ」

オリバーは、ぜんぜんおとなしくない。すくなくとも我《わ》が家《や》では。

「きっと大学受験《じゅけん》のほかは、どうでもいいんだ」と、ミル。

そのとき、とびきりすてきな考えがひらめいた。犬の爪《つめ》をピンク色にぬるようなのとはレベルのちがう、ほんとのほんとにすてきな考えが！

「見せたいものがあるんだけど、うちに寄《よ》ってくれる？　ちょっとだけ」わたしはいった。

ミルは、うちの前でエンジンを止めると、ユンに車のなかで待っているようにいって、だまってわたしについてきてくれた。わたしは、リビングがのぞける窓《まど》の前で足を止めた。

思ったとおり、オリバーはリビングに寝《ね》ころんで、ボタンとじゃれあっていた。おにいちゃんは、かたほうの手をカーペットにはわせながらボタンに近づけた。そしてボタンが、その手に気をとられているあいだに、もうかたほうの手をうしろから近づけた。ボタンが気配を感じてぴょんと体ごとふりかえった瞬間《しゅんかん》、おにいちゃんは、最初《さいしょ》にのばしたほうの手でうしろ足をすくった。ボタンは、ウーとうなって飛《と》びかかろうとしたけれど、おにいちゃんは、その手を引っこめ、あっちこっちに動かした。それをボタンが、「キャンキャン」とほえながら追いかける。

しばらくして、ついにボタンが、おにいちゃんの長袖《ながそで》シャツの袖口《そでぐち》に食いついた。

得意気《とくいげ》に「ウッフ！」とほえて、うしろに引っぱる。

オリバーは、笑《わら》いだし、あおむけにたおれた。ボタンは、待ってましたとばかりに、袖《そで》をはなしておにいちゃんの胸《むね》に飛《と》びのり、肩《かた》に前足をかけて首をのばし、おにいちゃんの鼻をぺろぺろとなめた。オリバーが手でふせぐと、こんどはうれしそうにその手をなめる。最後《さいご》にボタンは、おにいちゃんの胸《むね》の上でおすわりをし、満足《まんぞく》そうな顔をした。まるで、「新大陸《しんたいりく》を見つけたぞ。ここは、ボタン王国だ」とでもいっているみたいだ。

「わー」と、ミル。

「ねっ、おにいちゃん、かわいいとこ、あるでしょ？」

だけど、わたしは、ふいに不安《ふあん》になった。

これを見せてもだめなら、もうふたりは終わりかもしれない。わたしのおせっかいがきっかけで、ふたりがわかれちゃったらどうしよう。でも、こんなふうにボタンとじゃれあうおにいちゃんを見たら、受験《じゅけん》のことしか考えてないなんていえないはずだ。おにいちゃんはものすごく照《て》れ屋《や》で不器用《ぶきよう》なだけなんだ。

ミルは、わたしにむかってほほえんだ。

「うん、そうだね。けっこうかわいい」

「うちのおにいちゃん、そんなにひどくないでしょ？」

「あいさつだけでもしていこうかな」

ユンを車から連《つ》れてきて、三人で家のなかに入った。オリバーが、わたしたちに気づいてぱっと起きあがる。カーペットの上でボタンと遊んでいたから、髪《かみ》の毛がボサボサだ。ミルを見て、あわてふためいている。

「えっ！　やあ。えっと、まさか――」

「いいからこっち来て」ミルは、おにいちゃんの手を引いて、趣味《しゅみ》部屋へと消えていった。

ボタンが、ひょこひょことかけてきて、わたしの足を引っかく。だきあげて、ユンにもさわらせてあげた。

「キッチンにペパーミントメレンゲクッキーがのこってるか、見にいこうか？」と、わたし。

「うん！」ユンが大きくうなずくと、二本のおさげがぶるんとゆれた。

ユンがクッキーを食べているあいだ、わたしは犬用のおやつを使ってボタンと芸《げい》の練習をした。ユンにもおやつをあげさせると、ボタンはユンの手からやさしくなめとってしっぽをふり、まるで、「これで、あなたもわたしの友だちよ！」とでもいうように、まんまるの目でユンを見つめた。ユンは、いつまでもクスクスと笑《わら》っていた。

そのあとすぐにミルはユンを連《つ》れて帰っていったけれど、オリバーはすっかり機嫌《きげん》がよくなっていた。わたしがボタンを裏庭《うらにわ》に出したときにはついてきて、いっしょに走りまわった。いっしょというのは、ボタンとおにいちゃんのことで、走るのがきらいなわたしは見ていただけだ。ボタンはほえて、はしゃいで、わたしのねらいどおりへとへとになった。

それにね、オリバーがボタンに「おまえはサイコーの犬だな」っていっていたのが聞こえたんだ。

夜寝《ね》る前、わたしはボタンにいった。

「ねえねえ、おにいちゃんたち、わたしよりもボタンのことが好《す》きみたいだよ」

ボタンは、じぶんのベッドに飛《と》びこむと、ハアハアと息をしながらわたしを見あげ、口のはしを上げた。それから、ベッドにしいたわたしのT《ティー》シャツをシャカシャカと満《まん》足《ぞく》のいくまでととのえて、あっという間にねむりに落ちた。

わたしは、満《み》ちたりた気持ちでベッドに入った。おにいちゃんとミルが仲直《なかなお》りするのにひと役買ったからだ。これで、おにいちゃんがずっと元気でいてくれたらいいな。いままでなんどもパソコンを貸《か》してくれたから、ちょっとは恩返《おんがえ》しができたかな。

ボタンがいてくれたおかげで、うまくいったんだ。

ボタンは、いたずらもいっぱいするけれど、ときどきびっくりするくらいいいこともする。もちろん、本人にそんなつもりはないだろうけど。

「おやすみ、ボタン」わたしはささやいた。

スースースー。ボタンが返事をした。

15

土曜日の朝、ボタンにぺろぺろと耳をなめられて目がさめた。

「きゃっ！」わたしは、ボタンをおしのけて起きあがった。「ボタン、どうやってベッドにのぼったの？」

と、ママがベッドのはしにすわっているのに気がついた。

「おはよう、かわい子ちゃん《チキータ》。いま、パンケーキを焼《や》いているわよ。食べおわったら、パパがロージーといっしょにボタンを連《つ》れて公園に行きたいって」

「子犬にパンケーキに公園！　サイコー！」わたしは、ボタンの顔をくしゃくしゃっとなでた。ボタンがごろんとあおむけになったので、ブランケットをかぶせる。

「グルルルル、グルルルル！」ボタンは、うなりながら左右に転がって出ようとした。

ブランケットをとってやると、ボタンは足を上につっぱってあおむけになっていた。わたしと目が合って、いたずらっぽい顔をする。おなかをなでてあげたら、体をひねって立ちあがり、枕《まくら》に飛《と》びこんだ。

「あと五分でパンケーキが焼《や》きあがるわよ」ママはそういうと、部屋を出ていった。いそいで着がえて、ボタンをだっこして階段《かいだん》をおりた。わたしがワクワクしているのが伝《つた》わったのか、ボタンもなんだか落ちつきがない。肩《かた》までよじのぼってポニーテールのリボンをくわえると、「グルルルル」とうなりながら首をブルブルふった。

「ボタン、返して」わたしは、リボンをうばいかえし、キッチンでボタンを床《ゆか》におろした。

パパは、テーブルにお皿やフォークをならべているところで、わたしたちを見るとにっこり笑《わら》っていった。

「きょうは、パパにつきあってくれるかい？　パパも人気者のボタンさまと遊びたいんでね」

「もちろん！」わたしはいった。

パパと出かけると、いつもアイスクリームを買ってもらえる。昼ごはんが近くても関係《かんけい》ない。だから、パパのさそいをことわるなんてありえない。散歩《さんぽ》のあとは、ボタンのおふろもたのんじゃおう！

テーブルには、ミゲルとカルロスしかいなかった。オリバーはミルとデート、ダニーは、朝早くにパーカーと遊びに出かけたそうだ。もちろん、マーリンもいっしょに。パパは、ミゲルとカルロスも散歩《さんぽ》にさそったけれど、ミゲルは友だちと家でゲームをするといい、カルロスはママがパソコンでこまっているから助けてあげるんだといった。

そんなわけで、わたしはパパとボタンといっしょに公園へむかった。パパは、ボタンがリードにけんかを売るのを見て大笑《おおわら》いしていった。

「おもしろい子だ」

なんだかふしぎな感じがした。わたしのことをおもしろい子だというときもあるからだ。

公園につき、ドッグランに行ってみることにした。これまで入ったことがなかったけれど、運よくわたしたちが行ったときには、ほかにだれもいなかった。ものすごく広くて、芝生《しばふ》のエリアと砂利《じゃり》のエリア、ウッドチップのエリアがあり、ところどころに休めるようベンチもおいてあり、まんなかにペダルをふんで水を出す水飲み場があった。

「リードをはずしてもいい？」わたしはパパにきいた。

パパが、ぐるりとドッグランを見わたす。

「ちゃんとフェンスでかこまれているみたいだな。よし、はずしてみよう」

わたしは、ピンクのキラキラのリードをボタンの首輪《くびわ》からはずし、ポシェットにしまった。ボタンが、おすわりをしてわたしを見あげ、首をかしげる。

「走りまわっておいで」わたしは、手で行っておいでという仕草をした。

ボタンが、反対側《がわ》に首をかしげる。

「よし、ボタン！　パパをつかまえられるかな？」パパは、ドッグランをかけだした。

そのとたん、ボタンはぱっと立ちあがった。パパがとつぜん走りだしたから、ものすごくびっくりしたみたいだ。

「ウッフ！　ウッフ！」
二、三秒後、ボタンは全速力で追いかけはじめた。見ててよ、ぜったいにつかまえてみせるから！　といっているみたいだ。
ボタンは、パパと同じくらい足が速く、しかもおもしろいくらいかしこかった。走っているパパを追いこして行く手をふさいだり、追いかけるのをふいにやめてベンチの下にかくれ、きょろきょろするパパの足もとにとつぜん飛《と》びだしたりした。

パパとボタンがわたしのほうへ走ってもどってくるとちゅう、空から丸いものが落ちてきた。ボタンが急ブレーキをかけて止まる。丸いものが、ポンポンとはずんで水飲み場のほうへ転がっていく。ボタンは、パパそっちのけで、丸いものの正体をたしかめにかけていった。パパとわたしがかけよると、ボタンは新しい宝物《たからもの》を前足で引っかいていた。犬のよだれがたっぷりついていそうなボロボロのテニスボールだった。

「おっ、ボタン。いいもの見つけたな！」と、パパ。

パパがひろいあげようとすると、ボタンはボールに飛《と》びつき、小さな口でどうにかくわえるとにげだした。そして三、四メートルほどはなれたところでおすわりをし、ちょっと横どりしないで、あたしが見つけたんだから、あたしのよ！　とでもいうようにパパを見た。それから、前足のあいだにボールを落とし、くんくんとにおいをかいだ。

そのとき、うしろでドッグランのゲートのあく音が聞こえた。ふりかえると、ダニーとパーカーとトロイと……エリックがいた。そして、四人より先にドッグランにかけこんできたのは、あのゴールデンレトリバーのマーリンだった。

ダニーは、わたしたちを見てさけんだ。

「うわっ、サイアク！」

ほかの三人は、手をふってくれた。

パーカーがいった。

「やあ、ロージー！　ダニーのおとうさん、おはようございます」

マーリンは、わたしとパパには目もくれず、ボタンにむかって一直線に走ってきた。一瞬《いっしゅん》、ぶつかっちゃうんじゃないかとひやりとしたけれど、マーリンはボタンの鼻先でぴたりと止まって、風が巻《ま》きおこるほどぶるんぶるんとしっぽをふった。

ボタンは立ちあがると、マーリンのまわりを歩きはじめた。かげるところのにおいをすべて念入《ねんい》りにかぐ。マーリンは、しっぽをふりながらおとなしくしていたけれど、ふいに首だけうしろをむいて、わたしとパパを見た。あのー、この小さなふわふわちゃんは、なにしてるんですか？　ときいているみたいだった。

「なあ、あっち行こう」ダニーは友だちにいうと、わたしとパパからはなれようとした。

「待って。その犬、ロージーんちの犬？」パーカーがわたしにきく。

「うん。ボタンっていうの！」

「犬を飼《か》ったなんて、ひとこともいってなかったね」エリックがダニーにいった。

「だまってたの？　もう、おにいちゃんったら！」と、わたしがいうと、ダニーがいった。

「だって、こんなの犬じゃないから。見ろよ、毛糸玉だぞ。こんなのとどうやって遊べっていうんだ。こいつはロージーのものだし」

「それはちがうぞ」パパがいった。「ボタンは、みんなの家族だ」

「そうだよ。ダニー以外《いがい》は、みーんなボタンが気に入ってるよ」

「マーリンも気に入ったみたいだ」と、パーカー。

マーリンは、おしりを上につきだし、しっぽをものすごいいきおいでふって遊ぼうポーズをしていた。ボタンは、一歩さがってしばらく見ていたけれど、いきなりマーリンの鼻にぴょんと飛《と》びかかった。

「ワンワン！」マーリンが、ほえながらくるくると回る。

それから二ひきは、とつぜん走りだした。どっちがどっちを追いかけているのかわからないほど、めちゃくちゃにかけまわる。あっちのほうへ猛《もう》ダッシュするマーリンをボタンが追いかけていると思ったら、つぎの瞬間《しゅんかん》、こっちのほうへはねてくるボタンをマーリンが追いかけていた。

ボタンは、パパと遊んでいたときと同じ手口を使った。ふいにベンチの下にかくれてマーリンがきょろきょろすると飛《と》びだし、時速百万キロのスピードでにげるのだ。そのたびにマーリンは、楽しそうにほえながらボタンを追いかけた。

パーカーがいった。

「あのさ、ダニー。こんなこといいたくないけど、おまえんちの犬、めちゃめちゃかわいくないか？」

「それが問題なんだって」と、ダニー。

「文句《もんく》をいうなよ」こんどはトロイがいった。「犬を飼《か》えるだけいいじゃん。いっしょにそとを走りまわったりできるしさ」

「そうだよ」と、エリック。「ぼくなんて、ネコを二ひき飼《か》ってるけど、どっちにもきらわれているんだよ。かわいすぎるなんて、ぜいたくな悩《なや》みだよ」

パーカーは、マーリンとボタンが走りまわっているのを見ていった。

「最高《さいこう》だよ。マーリンの遊び相手をずっとさがしてたんだ。マーリンのやつ、ボタンのこと、すっかり気に入ったみたいだ！」

「だけど、人間の遊び相手にはならないぞ。いいか、見てろよ」ダニーは、ボタンがおいていったテニスボールをひろいあげてさけんだ。「ほら、マーリン、ボタン！」

二ひきが、走るのをやめ、ダニーを見る。ダニーは、テニスボールを反対側《がわ》に思いきり投げた。ボタンとマーリンが、はじかれたようにボールにむかって走りだす。

マーリンが先にたどりつき、テニスボールを口にくわえた。

「ほらな。あれこそがホンモノの犬だ」と、ダニー。

ところがマーリンは、つぎの瞬間《しゅんかん》、地面におなかをつけてテニスボールをかみだした。

パーカーがさけんだ。

「マーリン、やめろ！　テニスボールはかむもんじゃないぞ！　こっちに持ってこい。マーリン、持ってこいったら！」

マーリンは、耳をぴくっと動かして顔をあげ、パーカーを見た。しっぽがパタパタと地面をたたく。だけどまた、ボールをかみはじめた。

「もどってくるところは、まだ訓練中《くんれんちゅう》なんだ」パーカーは、はずかしそうにわたしとパパにいった。

ボタンは、おくれてたどりつくと、鼻先でマーリンの鼻をつっついた。マーリンが、おどろいて起きあがる。ボタンは、すかさずテニスボールをくわえ、すたすたとにげた。得意気《とくいげ》にしっぽをピンと立て、鼻をつんと上にむけている。

「おい！　横どりするな！」と、ダニー。

「べつにいいよ。ボールならまだあるし。ボタンがほしいならあげるよ」パーカーはいった。

ボタンは、わたしたちのところにもどってくると、ダニーの足もとにボールを落とした。ちょこんとおすわりをし、満足《まんぞく》げにダニーを見あげる。

「なんだよ？」ダニーがボタンにきく。

「またボールを投げてほしいんじゃないか？」と、トロイ。

「まさか」ダニーが腕《うで》を組む。

ボタンは首をかしげ、前足でダニーのスニーカーを引っかいた。

「ほら、ダニー。投げてやれよ」と、パーカー。

「こんな顔されて、ことわれるのか？」と、トロイ。

わたしは、パパを見た。パパは、にんまりと笑《わら》った。

わたしは、代わりにボールを投げたくてうずうずしていた。でも、しばらくするとダニーがしゃがんでひろいあげた。

「いまのは、ただのまぐれだね。つぎはとってくるもんか」ダニーが、テニスボールをさっきよりもすこし遠くへ投げる。

と、ボタンはすぐさま走りだし、ボールをくわえてもどってくると、ダニーの足もとにぽとんと落とした。

パーカーがいった。

「すごいや。ちゃんともどってきたぞ。マーリンよりもすごいじゃないか!」

そのマーリンは、ドッグランの奥《おく》のほうで、葉っぱの上を気持ちよさそうにごろごろと転がっている。

「ボタンは、まだ子犬なのにね」わたしは鼻たかだかだった。

するとパパがいった。

「本能《ほんのう》なんだろうな。犬によっては、生まれつき、投げたものをとってくる習性《しゅうせい》があるらしい」

ダニーはなにもいわなかったけれど、しばらくボタンをじっと見ていた。ボタンは、おにいちゃんを見あげてしっぽをふっている。というより、よろこびすぎておしりごとプリプリとふっている。

トロイがダニーにいった。

「うらやましいよ。かっこ悪い犬でも、いないよりはいいだろ」

「ほんとだよ」エリックがうなずく。

ボタンにふさわしいほめことばとはいえなかったけれど、文句《もんく》ばかりいってボタンと遊ぼうとしないダニーよりはずっといい。

しばらくすると、ダニーはまたボールを手にとって、さらに遠くへ投げた。ボタンが、ボールを全速力で追いかける。まるでそのボールをとらないと、世界がほろびてしまうと思っているみたいな走りっぷりだ。ボタンが、前足でボールをとらえた。と、すべってボールが前ににげる。ボタンはおこって「キャン」とほえ、すぐさま飛《と》びつき、こんどはしっかりくわえると勝ちほこった顔でもどってきた。

「マーリン！」パーカーが大きな声でじぶんの犬をよぶ。「こっちへもどってこい！　おまえにもできるだろ！　ボタンを見習え！」

マーリンは長いあいだ、どうしようか考えていたみたいだったけど、そんなにぼくにそばにいてほしいの？　というような顔をしてもどってきた。

パーカーは、べつのテニスボールをとりだしてマーリンににおいをかがせ、ボタンとは反対の方向に投げた。マーリンが、のろのろと歩きだす。すると、ボタンは、くわえていたボールを落とし、待ってましたとばかりにかけだすと、マーリンを追いこして、パーカーの投げたボールに飛《と》びついた。

マーリンは、鼻でボタンをつつき、ボールをうばいとろうとした。ボタンが、ぴょんと飛《と》びのき、くるりと回れ右をする。そのひょうしにしっぽが、マーリンの顔をパシッとたたいた。ボタンは、すました顔でもどってきた。

「うわっ、ロージーにそっくり」と、パーカー。

「わたしに？　それ、どういう意味？」

パーカーは、笑《わら》いながらいった。

「態度《たいど》が大きいところが、ロージーそっくりだ」

「そんなこと――」わたしがそこまでいったとき、ボタンが、もどってきたマーリンの鼻に飛《と》びかかった。マーリンが、目を丸くして飛《と》びのく。わたしは、ふきだしてしまった。

「ボタンは、これからみんなにいっぱいあまやかされるぞ。ロージーみたいに」ダニーがいう。

「わたしは、あまやかされてなんかないよ」

「ダニーの家に、いばり屋の小さなプリンセスがもうひとりできたってわけだ。笑《わら》えるな」と、トロイ。

「まあな。たしかに笑《わら》える」ダニーがいった。

パパは、ダニーが見ていないすきに、わたしにむかってガッツポーズとウインクをした。

わたしは、ふしぎな気持ちだった。ボタンと似《に》ているといわれて、悪い気はしない。おにいちゃんたちがみんな、ボタンを好《す》きになってくれたこともうれしい。ダニーがボタンにテニスボールを投げているのを見て、おにいちゃんたちも世話をしてくれたほうが、ボタンだってうれしいだろうし、いい子でいてくれるだろうと思った。

だけど、もしボタンがわたしよりおにいちゃんたちを好《す》きになってしまったらどうしよう。おにいちゃんたちにボタンをとられちゃったら？

それでも、パーカーとダニーがいっていたことを思いだすと、心がほんわかした。ボタンは、あんがいわたしに似《に》ているのかもしれない。それに、「わたしの犬」だと思えるようになってきた。きっと、おにいちゃんたちにどんなになついたって、ボタンが「わたしの犬」であることは変《か》わらないんだ。

16

そのあと一時間ほどドッグランで遊ぶと、ボタンはすっかりへたばってきた。ついにはダニーがテニスボールを投げたのに、半分ほど追いかけたところで芝生《しばふ》の上にぺたんとおなかをつけ、前足のあいだに鼻をはさんでしまった。マーリンが寄《よ》っていってにおいをかいでも、起きあがりもしないでマーリンの鼻を前足でペシッとたたく。

パパがいった。

「すこし休ませてあげたほうがよさそうだ。ロージー、そろそろ帰ろうか？」

「そうだね」

おにいちゃんたちは、マーリンと公園にのこった。ダニーは、ボタンが前を通りすぎるとき頭をなでてあげていた。エリックも同じことをしたので、わたしはますます好《す》きになった。

家までの道のり、わたしはボタンをだっこして歩いた。ボタンは、頭と前足をわたしの肩《かた》にのせ、腕《うで》のなかでくったりしていた。耳のすぐそばで、かすかな息づかいが聞こえる。ふわふわの毛はやわらかくて温かくて、小枝《こえだ》や草がくっついていても気にならなかった。

ふと、パパがいった。

「さっきダニーたちが話していたのを聞いて思いだしたんだが……。じつは、生まれたばかりのロージーを病院から家に連《つ》れてかえったときも、おにいちゃんたちはボタンのときと同じような反応《はんのう》をしたんだよ。『なんだ、この小さいぷくぷくの生きものは？　えーっ、つまんない』ってな。だけどおにいちゃんたちは、少しずつロージーのとりこになっていった。ボタンのとりこになっていったみたいにね。気づいたら、おまえは家族にとってとびきりゆかいな存在《そんざい》になっていた。もちろんいまは、みんながありのままのロージーが大好《だいす》きだ」

えっ、そうなの？

わたしは、ボタンを胸《むね》にぎゅっと引きよせた。

「でも、おにいちゃんたちは、ボタンにだけやさしくするよね？」

パパは、わたしのポニーテールを引っぱっていった。

「おや、人のことといえるかい？　ロージーは、ボタンとおにいちゃん、どっちにやさしい？」

「ぜったいにボタン」わたしは、プッとふきだした。

つぎの日は日曜日で、寝坊《ねぼう》した。朝早く、ママがしずかに部屋に入ってきて、ボタンがわたしを起こさないよう連《つ》れていってくれたからだ。お昼ごろに目をさまして一階におりていったら、キッチンにはカルロスとオリバーがいた。

カルロスは、ボタンに「くるりん」を教えていた。ボタンは苦戦《くせん》していた。伏《ふ》せの状態《じょうたい》からあおむけにはなるけれど、そのまま止まって目をぱちくりさせて、これでいいんでしょ？　という顔をする。

「ボタン、あとちょっとだ。もう半回転してごらん」と、カルロス。

でもボタンは、あおむけのまま体を左右にくねらせるばかりだ。

カルロスは、おやつをあげながらいった。

「あともうすこしなんだけど……。やり方がまちがっているんだろうか。インターネットでコツを確認《かくにん》しよう」

いつも自信《じしん》まんまんのカルロスが、じぶんがまちがっているかもしれないと思うなんて、なんだかゆかいだ。

わたしは、シリアルをボウルに入れ、オリバーのとなりのカウンターチェアにすわった。オリバーは、ぼんやりと宙《ちゅう》を見つめながらにやにやしている。ボウルのなかのシリアルがぶよぶよになっているところを見ると、ずいぶん長い時間ぼーっとしているみたいだ。

わたしがスプーンを目の前でふると、おにいちゃんは飛《と》びあがった。

「あっ、おはよう。なんだ、ロージーか！」

「そうだよ、ロージーだよ」

「あのさ、きょう、おれとミルといっしょにボタンを散歩《さんぽ》に連《つ》れていかないか？」オリバーがいった。

「わたしと？　本気？」

すると趣味部屋から、ミゲルがキッチンに飛《と》びこんできてさけんだ。

「ちょっと待て！　だめだ！　ロージーとボタンは、おれといっしょに『チアリーダー洗車会《せんしゃかい》』に行くんだぜ！」

「えっ、そうなの？　チアリーダー洗車会《せんしゃかい》ってなに？」と、わたし。

「チアリーダーたちが車をあらって募金《ぼきん》を集めるイベントだ。たのむぜ、ロージー」

ミゲルが必死《ひっし》にいう。「ボタンを連《つ》れていけば、きっとまたケイトリンとサラに話しかけてもらえる。ひょっとしたらエマにも！」

「でも、おにいちゃん、免許《めんきょ》持ってないよね？」

みんなでわいわいいっていると、カルロスまでキッチンにやってきていった。

「ぼくも、ロージーとボタンと公園に行きたいと思っていたところだ」

わたしは、スツールからずりおちそうになった。こんなことは生まれてはじめてだ。

「みんな、わたしをからかってるんでしょ」

「なにをいってるんだ」カルロスは、わたしのほうがおかしなことをいっているみたいな口調でいった。「ボタンがボールを追いかけたり空中でボールをキャッチしたりできるのか、ためしたいのさ」

こんどはダニーが、階段《かいだん》からドタバタとおりてきていった。

「そんなのもうできるし！　ボタンは、キャッチボールが最高《さいこう》にうまいんだ。おい、ロージー、きょうもパーカーとマーリンと出かけるけど、いっしょに来るだろ？」

「ちょっと待ってくれ。最初《さいしょ》にさそったのはおれだ。だから、ロージーとボタンは、おれとミルと出かける」

「そんなのほかの日でもいいじゃん！　チアリーダー洗車会《せんしゃかい》は、きょうだけなんだぜ！」

「だけど、毎週木曜日に、ロージーとボタンを借《か》りるといっていたはずだ。チアリーダーと過《す》ごす時間は、それでじゅうぶんじゃないか」

「それをいうなら、カルロスにいちゃんだって、しつけ教室にいっしょに行くっていってなかったっけ？　なら、週末《しゅうまつ》はぼくの番だろ。パーカーとマーリンも週末《しゅうまつ》はひまだし」

おにいちゃんたちは、いっせいに口げんかをはじめた。信《しん》じられない。わたしをとりあってけんかするなんて。わたしといっしょに出かけたいなんて！　まあ、わたしとボタン、ってことだけど。でも、わたしたちはいつもいっしょ、ふたりでひとりなんだ。おにいちゃんたちには、どっちも必要《ひつよう》だってこと。この口げんかに勝つのはだれでもよかった。だって、ほんとうの勝者はわたしだって気づいたから。

ボタンがやってきて、わたしの足を鼻でつついた。だきあげると、胸《むね》にぺたんとくっつき、わたしのあごをぺろぺろとなめてくる。ボタンがどろんこになったたって、ものをたおしたって、散《ち》らかしたって、もう気にならない。どんなことがあっても、ボタンはわたしのたいせつな犬だ。

「ねえ」わたしはボタンにささやいた。「思ったんだけどさ、ボタンはそんなに悪い子じゃないよね」

ボタンは、しっぽをパタパタとふり、「ワン！」とほえた。それは、こういっているみたいだった。

「でしょ？」

訳者《やくしゃ》あとがき

プリンセスが好《す》きな小学五年生の女の子といたずらっ子のトイプードルの物語、いかがでしたか？

主人公のロージー・サンチェスは、五人きょうだいのなかでたったひとりの女の子。毎日がおにいちゃんたちとのバトルです。そんなある日、願《ねが》いかなってトイプードルのメスの子犬をむかえいれます。これで最強《さいきょう》の味方ができたとよろこんだのもつかのま、子犬はなかなかロージーの思いどおりになりません。それでも子犬と暮《く》らしていくうちに、ロージーはもちろんのこと、おにいちゃんたちもだんだん子犬が好《す》きになってきて……。

月並《つきな》みではありますが、この作品を読むと、家族っていいなあと思わされます。

ロージーは兄たちへの不満《ふまん》をよく口にしますが、ロージーの両親や兄、友だちのセリフを通して、サンチェス家の仲《なか》の良《よ》さや、ロージーに対する家族の愛情《あいじょう》がしっかりと伝《つた》わってきます。始終ドタバタとにぎやかな雰囲気《ふんいき》のなかで、心がじーんとする場面があるのは、この本の大きな魅力《みりょく》です。

日本とはちがう文化にふれられるのも本書の楽しみのひとつでしょう。ロージーの家族はメキシコ系《けい》のアメリカ人ですが、そのヒントが物語のあちこちにあります。飼《か》う犬を決める勝負の際《さい》、ロージーが手に取る本は十五～六世紀《せいき》にメキシコで栄《さか》えたアステカ文明の本ですし、パパの得意料理《とくいりょうり》のチリコンカルネはメキシコを代表する料理《りょうり》です。

また、アメリカの学校生活を体験《たいけん》しているように感じられるのもわくわくするかもしれません。本作に登場するベイクセールは、手作りのお菓子《かし》を売ってお金を集め、必要《ひつよう》としているところへ寄付《きふ》する活動で、アメリカの学校では広く行われています。

作者のトゥイ・T・サザーランドは、南米のベネズエラで生まれ、パラグアイやドミニカ共和国《きょうわこく》、母親の母国ニュージーランドなどさまざまな国で暮《く》らした経《けい》験《けん》があり、現在《げんざい》は夫《おっと》と天真爛漫《てんしんらんまん》なふたりの子ども、それからふわふわの犬といっしょにアメリカで暮《く》らしています。最初《さいしょ》は出版社《しゅっぱんしゃ》で編集者《へんしゅうしゃ》として働《はたら》いていましたが、早起きやきゅうくつな服装《ふくそう》が苦手だったそう。作家になってからは、朝四時まで物語を書き、昼過《ひるす》ぎに起きて、パジャマのまま仕事ができるので、今の状況《じょうきょう》に大満足《だいまんぞく》とか。サザーランドはペンネームをいくつか持っており、日本では、エリン・ハンターの名前で刊行《かんこう》されている「ウォーリアーズ」シリーズ（小《こ》峰《みね》書店）が有名です（エリン・ハンターは、四人の女性《じょせい》作家の合同のペンネームです）。

この物語には続《つづ》きがあり、こんどはロージーの片思いの相手のエリックが主人公、そして登場する犬はブルドッグです。さて、つぎの「犬を飼《か》ったら、大さわぎ！」では、どんな大さわぎがくりひろげられるのでしょうか？　秋ごろ刊行《かんこう》予定ですのでお楽しみに！

最後《さいご》になりましたが、この本を訳《やく》すにあたり、いろいろな実験《じっけん》につきあってくれた我《わ》が家《や》のトイプードルのあんみつ、愛《あい》らしい表紙絵を描《か》いてくださったおおでゆかこさん、わたしの訳文《やくぶん》を細かく確認《かくにん》してくださった担当編集者《たんとうへんしゅうしゃ》の高尾健《たかおけん》士《と》さんに心からの感謝《かんしゃ》を。

そして、この本を手にとってくださったみなさんにも、現実《げんじつ》であれ想像上《そうぞうじょう》であれ、心によりそってくれるすてきなペットができますように！

相良倫子《さがらみちこ》

二〇二四年六月

【訳者】
相良倫子（さがら みちこ）
東京都生まれ。英会話学校、国際機関を経て、翻訳家に。訳書に『飛べないハトを見つけた日から』「オリガミ・ヨーダの事件簿」シリーズ（以上、徳間書店）、『囚われのアマル』（さ・え・ら書房）、「ヒックとドラゴン」シリーズ、「マジックウッズ戦記」シリーズ（以上、小峰書店）などがある。

【犬を飼《か》ったら、大さわぎ！1 トイプードルのプリンセス?】
PET TROUBLE : MUD-PUDDLE POODLE
トゥイ・T・サザーランド 作
相良倫子 訳
232p, 19cm, NDC933
犬を飼ったら、大さわぎ！1 トイプードルのプリンセス？
2024年8月31日 初版発行

訳者：相良倫子
装画・扉絵：おおでゆかこ
装丁：アルビレオ
フォーマット：前田浩志・横濱順美

発行人：小宮英行
発行所：株式会社 徳間書店
〒141-8202 東京都品川区上大崎3-1-1 目黒セントラルスクエア
Tel.(03)5403-4347(児童書編集) (049)293-5521(販売) 振替00140-0-44392番
印刷：日経印刷株式会社
製本：大口製本印刷株式会社
Published by TOKUMA SHOTEN PUBLISHING CO., LTD., Tokyo, Japan. Printed in Japan.
徳間書店の子どもの本のホームページ https://www.tokuma.jp/kodomonohon/

ISBN978-4-19-865884-7